# Il caleidoscopio della realtà
## Racconti presi di striscio

**Remo Badoer**

Gruppo Editoriale WritersEditor
www.gruppowriterseditor.it
direzione @riterseditor.it
ISBN

## Ufficio 26B

Ermanno Pegorin come ogni mattina arrivò al lavoro e salutò cordialmente il portiere del 'Biscotto', il grande stabile sede delle assicurazioni SCT, chiamato così non solo perché la sua forma nda al settore liquidazione settore edilizricordava un frollino, ma anche perché, quando pioveva, il suo colore marroncino chiaro, bagnandosi, diventava più scuro e allora il palazzo sembrava proprio un biscotto intinto nel cappuccino.

«Buongiorno, Martino! Tutto bene, lei e famiglia?»

«Buongiorno, dottore. Tutto bene, grazie. E lei? Mi sembra un po' pallidino, non è che ha passato la notte in bianco per la batosta che ha preso ieri il suo Milan in coppa?» gli domandò il portiere.

Pegorin incassò lo sfottò con un sorriso: tra lui e il portiere, tifosissimo dell'Inter, prendersi in giro per i successi o gli insuccessi dalle rispettive squadre era un gioco che andava avanti da tanto tempo.

«Ah, Martino! Non me ne parli, un disastro!» rispose Pegorin avviandosi verso l'ascensore e scuotendo la testa facendo finta di disperarsi «Un disastro, le dico! Se va avanti così mi viene l'ulcera prima della fine della stagione, sono sicuro! Farei meglio a seguire il torneo della parrocchia!» concluse ridendo ed entrò nella cabina con un ultimo cenno di saluto rivolto al portiere.

Quella mattina si sentiva di buon umore e aveva ancora il sorriso stampato in faccia quando scese al secondo piano e si avviò per il lungo corridoio verso l'ufficio 26B, dove svolgeva il suo lavoro di revisore delle liquidazioni del settore edilizio, un lavoro non entusiasmante ma neanche noioso, un lavoro che a Ermanno piaceva.

Passando davanti alle porte degli altri uffici, salutò i colleghi e le colleghe che erano già arrivati: al Biscotto nessuno aveva segreti per nessuno e, a meno che non si dovesse accogliere un cliente per un qualche motivo, tutte le porte restavano sempre aperte.

Passando davanti alla porta del 24A, salutò anche la dottoressa Mercalli, la responsabile del settore, che però gli fece cenno di fermarsi. Pegorin entrò e rimase in attesa, curioso. La responsabile si appoggiò allo schienale della poltrona, si tolse gli occhiali, si passò una mano fra i capelli bianchi e con un sospiro quasi di stanchezza chiese: «Pegorin, lei ha in mente la questione Valdimonti Pereghera?»

L'uomo annuì. La questione Valdimonti Pereghera andava avanti da un pezzo ed era diventata una specie di leggenda al reparto liquidazione settore edilizio dove praticamente tutti, per un motivo o per l'altro, ci avevano avuto a che fare, era una specie di palude da cui sembrava non si potesse più uscire.

«Bene, Pegorin. La settimana scorsa ci sono arrivate le ultime delibere del tribunale assieme ai rapporti conclusivi dei Vigili del fuoco e della ASL. Parrebbe che si incominci a vedere un po' di luce. Ho passato tutto alla dottoressa Pellegrini, perché facesse i primi controlli e accertamenti. La dottoressa ha finito ieri il suo lavoro, ma vorrei che controllasse tutto anche lei. So che ha già molto da fare, ma vorrei proprio che se ne occupasse anche lei: la dottoressa Pellegrini è brava, attenta, estremamente preparata e ha tutta la mia fiducia ma è giovane, e...»

La responsabile si interruppe e fissò con aria quasi di scusa l'uomo: «Non che io la consideri un vecchio, eh, Pegorin, intendiamoci! Anche lei è giovane, vecchia semmai sono io, con questi miei capelli bianchi, intendevo solo dire che lei è qui da più tempo, ha più esperienza ed è in grado di cogliere delle sottigliezze che altri potrebbero non vedere o sottovalutare...»

Pegorin sorrise e scrollò le spalle, a dire che non aveva neanche fatto caso alla gaffe della Mercalli.

«Allora siamo d'accordo, ho detto alla dottoressa Pellegrini di portarle l'incartamento nel suo ufficio. Controlli tutto, con calma, senza fretta, che tanto ormai dopo tutti questi anni una settimana, anche due, tre in più non fanno né caldo né freddo. L'importante è che questa faccenda arrivi ad una conclusione e che finisca tutto in archivio una volta per tutte, che è quello il posto giusto. Se ha lavori in sospeso e desidera alleggerirsi, me lo dica, che li passo a qualcun altro.»

«Non si preoccupi, dottoressa, penso anch'io che questa storia stia andando avanti da troppo tempo. Per i lavori in sospeso, le farò sapere.»

«Perfetto, Pegorin, buon lavoro. Mi tenga al corrente e se per caso saltano fuori altri problemi, lo voglio sapere immediatamente.»

«Non mancherò, dottoressa. Buona giornata.» concluse Pegorin uscendo dalla 24A.

Era contento. Gli piaceva quando aveva la dimostrazione di essere uno in gamba, uno di cui si può fidare e a cui assegnare gli incarichi importanti. Solo, quella faccenda del giovane... Ecco, quella non gli era piaciuta, anzi gli era rimasta sullo stomaco, perché era una cosa sulla quale anche lui era da diverso tempo che ci rimuginava sopra: aveva passato la trentina, anzi ormai andava più verso i 40 che verso i 30, a dir la verità, e quando si passava una mano sulla testa la pelatina che lentamente ma inesorabilmente si stava facendo largo fra i capelli glielo ricordava senza pietà. Ed era anche da un bel po' che i discorsi dei colleghi e delle colleghe alla macchinetta del caffè gli avevano fatto capire che era strano che lui non avesse ancora messo su famiglia come gli altri e continuasse a condurre una vita da scapolo che, però, come doveva ammettere, non gli dava più le stesse soddisfazioni di una volta.

Questi pensieri svanirono di colpo quando entrò in ufficio. In mezzo alla scrivania, in bella vista, c'erano due voluminosi faldoni con su scritto "Prot. 389/19 Valdimonti Pereghera", ma non furono questi a colpire la sua attenzione: quello che gli aveva fatto spalancare gli occhi dalla meraviglia era che accanto ai faldoni, un po' nascosta dalla voluminosità di questi, c'era una mano. Una mano sinistra, di donna, o almeno così sembrava. Come in trance, e senza riuscire a staccare gli occhi da quella anomala presenza a cinque dita, Pegorin fece il giro della scrivania e si sedette pesantemente, respirando piano, a bocca aperta con la mascella che pendeva come ad aspettare un boccone che non si decideva ad arrivare.

Sul corridoio passò Giacometti del 26F che si fermò un attimo sulla porta e lo salutò anche lui con un altro sfottò: «Uelà, Pegorin! Quand'è che ti decidi a diventare juventino?»

Pegorin fece un gesto per ricambiare il saluto, però lo fece di riflesso, in modo automatico, senza riuscire a dire una parola tanto era incantato da quella appendice umana posata sulla sua scrivania. Dopo un po' si riscosse, sbatté un paio di volte le palpebre e prese un profondo respiro. Lentamente, come se avesse paura di rompere qualcosa, appoggiò la sua, di mano, accanto all'altra.

Era più piccola della sua, e più delicata. Indubbiamente una mano di donna, con la pelle chiara, senza traccia di peli, le dita lunghe e sottili, e le unghie ben curate il cui smalto, di un grigio rosa tenue, anch'esso delicato, mandava piccoli riflessi perlacei sotto la fredda luce del neon.

La sua contemplazione venne distratta da un'apparizione sulla porta, una figura che riconobbe subito per quella della sua collega, la dottoressa Pellegrini.

In effetti, non poté fare a meno di pensare, la donna era più giovane di lui, ma non poi tanto, se non aveva passato i 30 non ci doveva mancare molto. Era anche una bella donna, allegra e di spirito, come aveva notato le volte in cui avevano avuto occasione di scambiare qualche parola anche su argomenti non lavorativi. Se ne stava ferma sull'uscio, come aspettasse un invito e Pegorin si fermò un attimo a guardarla, e si accorse che aveva un'aria un po' imbarazzata, che stonava con l'elegante ma austero tailleur blu scuro che indossava, i lunghi capelli neri raccolti in una crocchia in cima alla testa, gli occhiali rotondi cerchiati in oro, insomma l'abbigliamento tipico di una donna in carriera, una che sa il fatto suo e che non si fa intimorire da nessuno. E si accorse anche che le mancava la mano sinistra.

«Buongiorno, Pegorin. Mi scusi se la disturbo, ma...» iniziò con tono esitante, proprio imbarazzato, come aveva percepito l'uomo «Ecco, volevo solo... Volevo solo sapere se ha già iniziato a guardare l'incartamento Valdimonti Pereghera."

«Ah, buongiorno, Pellegrini, la ringrazio. Sono appena arrivato,» rispose lui con un tono leggermente emozionato «come vede, non ho ancora aperto i faldoni. Però sono sicuro che lei ha già fatto un lavoro ottimo... Sa, io non so esattamente da quanto lei sia qui alla SCT, ma... Beh, voglio dire, la conosciamo bene tutti la sua competenza...»

«Oh, Pegorin, la ringrazio...» e qui l'uomo notò due cose: che loro due non erano ancora arrivati ad un punto di confidenza tale da abbandonare il 'lei' e che, se non si era sbagliato, la dottoressa era arrossita. Di poco, forse, ma arrossita.

«Sono contenta della sua stima...» stava continuando, ma si interruppe guardando fissamente la mano sulla scrivania come se solo in quel momento si fosse accorta di quella insolita presenza.

«Oh!» esclamò «Eccola qua! È tutta la mattina che la cerco! Mi scusi, sa, non intendevo... Devo averla dimenticata quando ho portato qui l'incartamento. Alle volte non so proprio dove ho la testa...» e dicendo così, prese la mano, se la attaccò saldamente all'avambraccio sinistro e mosse un po' le dita per accertarsi che tutto fosse a posto.

«Ma si figuri, dottoressa, sono cose che capitano! Anzi, ehm...» disse alzandosi in piedi e schiarendosi la gola «È un bel po' ormai che lavoriamo qua, nello stesso posto, in uffici vicini. Forse... Forse sarebbe il caso di abbandonare il 'lei', non crede?» chiese sorridendo apertamente alla donna.

«Beh, io... io, beh, sì, naturalmente, certo.» adesso non c'erano dubbi: la donna era veramente arrossita, e aveva abbassato gli occhi.

«Ne sono felice. Io... io mi chiamo Ermanno.» disse quasi d'un fiato Pegorin.

«E io... Donatella.» si presentò lei rialzando la testa e i due si fissarono direttamente negli occhi. "Occhi azzurro chiaro." notò Pegorin "Risaltano bene con il blu del tailleur."

Qualche giorno dopo, toccò a Donatella sussultare entrando la mattina nel proprio ufficio: anche sulla sua scrivania c'era una mano, che lei riconobbe subito per quella di Ermanno. E la mano stringeva una rosa rossa.

## Stanza 21

Io sono l'addetto alle pulizie all'ultimo piano dell'ospedale. Questo piano è diverso dagli altri. Giù, mi immagino i reparti luminosi, con a terra le strisce colorate per guidarti dove devi arrivare, infermieri e medici che si muovono tranquilli da una camera all'altra, il vocio dei parenti in attesa di andare in visita ai loro cari o di parlare coi dottori, le pareti dipinte di tanti colori tenui e diversi, giallo, rosa, celeste, verde, e altre belle cose ancora.

Questo piano no, questo piano è diverso. C'è un largo e lungo corridoio con un pavimento tutto di grandi mattonelle rosso mattone, le pareti di un colore grigiastro sono sporche (non tocca a me pulirle e non ho mai visto nessuno che le pulisse) con un corrimano che prende tutta una parete, da una all'altra delle grandi finestre che ci sono all'inizio e alla fine del corridoio.

Le finestre non si possono aprire e sono fatte di vetri grossi, anche questi sporchi, che non lasciano filtrare i rumori: io ogni tanto mentre sto passando lo scopettone bagnato sul pavimento, mi fermo e guardo fuori e vedo in basso le macchine correre per le strade, gente che cammina in fretta, tutta la città insomma (è alto l'ospedale) nel suo muoversi, formicolare, vivere, però non sento nessun rumore.

Davanti alla parete dove c'è solo il corrimano si trovano diverse porte. Vicino alla finestra, ci sono quella dell'ascensore e quella delle scale però per aprirle ci vuole una chiave speciale che io non ho (e non so neanche perché dovrei averla) e mi dicono che neppure arrivando da sotto si entra qui senza essere autorizzati, solo certi dottori e certe infermiere hanno quella chiave. Andando avanti, ci sono altre due porte, che stanno sempre chiuse, non le ho mai viste aperte e non so cosa ci sia dietro, poi c'è la porta della Stanza 21, che è bella grande ed è sempre spalancata, e dopo ancora ci sono altre porte chiuse come quelle di prima e infine c'è il ripostiglio, che è il mio posto.

Io sto tanto tempo nel mio ripostiglio, perché io passo lo scopettone e pulisco la camera quattro volte al giorno: alle sei di mattina, prima che arrivi qualcuno, a mezzogiorno, dopo che sono passati i medici, alle quattro di pomeriggio e alle otto di sera, dopo cena, prima che spengano le luci. Altre cose da fare non ne ho, così me ne resto seduto su uno sgabello a guardare la lampada che sotto una specie di pentola di latta rovesciata manda una luce gialla, non forte, che illumina

appena, ma a me basta così, tanto non devo fare niente se non stare seduto ad ascoltare le voci nella mia testa, che hanno sempre cose interessanti da dirmi e belle storie da raccontare. Ecco, tutto qua, io ascolto, ascolto molto e ogni tanto mi fermo per dare un'occhiata al grande orologio bianco che sta sopra la porta, tanto per essere sicuro di rispettare gli orari.

Quando sono fuori del mio ripostiglio a passare lo scopettone sopra le mattonelle rosso mattone che riflettono la luce dei neon sul soffitto, le voci nella mia testa stanno zitte, mi lasciano lavorare così posso stare attento e pulisco per bene e nessuno mi ha mai rimproverato, anche se nessuno mi ha neanche mai detto “bravo”, se è per questo.

Se mentre passo lo scopettone per caso incrocio qualche medico o qualche infermiera, allora mi sposto verso la parete col corrimano e guardo in basso finché non sono passati e non ho sentito aprire e chiudere una delle porte. Alle volte sento che parlano fra di loro, non posso evitarlo, io ho le orecchie grandi, ma non capisco niente di quello che dicono, e nemmeno mi interessa e d'altra parte anche loro tirano dritti, senza guardarmi, come se io non esistessi, e allora perché dovrei interessarmi io a quello che dicono loro? Anche Elide, che è l'unica infermiera che mi parla, quando è con qualcun altro fa finta di non vedermi, o forse non mi vede proprio, non so.

Comunque, quando ho finito di passare lo scopettone bagnato sul corridoio, vado a fare le pulizie nella Stanza 21, e questa è la parte che mi piace di più della giornata, perché nella Stanza 21 non trovi mai la stessa persona, i pazienti cambiano di continuo ma non nel senso che uno va via e ne arriva un altro, no, nel senso che sono praticamente gli stessi che si danno il turno, così che una mattina trovo Bocca Larga, il pomeriggio c'è Fiammifero, prima di andare a dormire c'è di nuovo Bocca Larga, oppure Brodo, Madame Molla, Braccia, Rubinetto, Dondolo, o qualcun altro ancora, insomma cambiano sempre. Elide mi ha detto che le cose stanno così perché la Stanza 21 è per pazienti molto speciali ma che siccome è molto richiesta e c'è un letto solo, li fanno girare e in questo modo riescono ad accontentare tutti, magari uno alla volta, ma tutti. Cosa facciano o dove mettono gli altri quando la Stanza è occupata, questo Elide non me l'ha mai detto.

In ogni caso, a me piace andare nella Stanza 21 a fare le pulizie perché tutti... beh, diciamo *quasi* tutti, sono simpatici e si accorgono di me e qualcuno addirittura mi fa un cenno con la testa quando entro, per salutarmi, credo. E poi, io mi diverto a provare ad indovinare chi ci trovo dentro. Una volta può essere Rubinetto (che però non si chiama così, sono le voci che mi dicono come si chiamano quelli della Stanza 21) che non fa altro che piangere litri e litri di lacrime, piange anche dal naso, inzuppa il letto e le lacrime vanno per terra e bagnano tutto e io devo asciugare, ma credo di essergli simpatico perché quando entro mi sorride e si gira il naso e le orecchie due, tre volte così le lacrime si fermano.

Oppure può essere Fiammifero, che le voci chiamano così perché sopra il collo ha una specie di fiamma e dentro questa fiamma la sua testa è piccola e nera, e ogni volta che lo vedo la testa è sempre più piccola e sempre più nera proprio come un fiammifero che si sta spegnendo. Mentre faccio le pulizie, lui mi guarda tristemente, mi sa che anche lui lo sa che si sta spegnendo, e che la cosa non gli piace tanto. A me, questo è uno di quelli che piace di più, come anche Brodo che nonostante il nome è una donna, una che si scioglie e dopo un po' ritorna come prima e anche questa bagna il letto, ma non è mai caduta una goccia, e mi fa piacere perché allora dovrei stare proprio attento a non tirarla su con lo scopettone: le lacrime di Rubinetto va bene, ma raccogliere dei pezzetti della signora Brodo, questo no, questo proprio mi dispiacerebbe.

Un altro dei miei favoriti è Braccia, che io non ho mai visto con le braccia attaccate, le sue braccia sono sempre staccate dal corpo, sempre impegnate in lunghe e interminabili sfide a braccio di ferro, non fanno niente altro e lui se ne sta seduto con la schiena appoggiata al cuscino e osserva le sue braccia sforzarsi nella sfida con aria indifferente, non triste, proprio indifferente, come se sapesse già chi sarà il vincitore oppure che non ci sarà mai nessun vincitore. Anche lui mi guarda quando entro, se è di buon umore mi fa un piccolo cenno con la testa, senza sorridere, e poi torna a seguire la lotta. Una volta mi ha addirittura rivolto alla parola, e mi ha chiesto di grattargli il naso, cosa che ho fatto molto volentieri.

Uno che non mi piace invece è Bocca Larga. È uno che brontola di continuo, ad alta voce, non gli va mai bene niente, parla male dei

medici, delle infermiere, dell'ospedale, ma anche di quello che mangia, del governo, del tempo, di qualsiasi cosa.
Ha una testa enorme e un'espressione cattiva e quando brontola, praticamente sempre, la bocca diventa sempre più grande, sempre più grande, l'ho vista arrivare ad essere grande quasi quanto l'intera faccia.

Quella volta ho preso paura e allora ho acceso la televisione che sta su una mensola in alto sopra la porta, ma alla televisione si vedeva ancora lui, un primo piano di lui che brontolava, brontolava, brontolava. Ho spento la televisione e da quella volta non l'ho mai più accesa per paura di rivedere Bocca Larga anche lì.

Stamattina però è successo qualcosa di diverso. Elide è arrivata e ha aperto la porta del mio ripostiglio senza bussare. Elide (so come si chiama così perché l'ho letto sulla targhetta che porta appesa al camice) è un'infermiera grassoccia, molto bassa, quasi una nana, ha una carnagione chiara, capelli rossicci, occhi sporgenti come quelli di una rana sempre spalancati perché non sbatte mai le palpebre, e quando cammina sembra che barcolli appoggiandosi ora su una gamba ora sull'altra. Mi alzo per salutarla e non posso fare a meno di vedere che in cima alla testa i suoi capelli sono più che radi, si vede bene la pelle del cranio sotto, forse sta diventando calva.

Elide mi dice che ci sono grossi cambiamenti e che devo pulire bene la Stanza 21 perché arriveranno dei nuovi pazienti e ci saranno altri medici e altri infermieri proprio per loro e deve essere tutto a posto. Mi dice anche che questi pazienti staranno sempre loro nella camera, nello stesso letto perché sono due bambine, due gemelle siamesi che sono attaccate fra di loro e non si possono staccare, e sono veramente speciali, così per un po' non ci sarà nessun altro nella Stanza 21.

Faccio di sì con la testa ma non posso fare a meno, mi scappa proprio, di chiedere se vedrò mai di nuovo i pazienti vecchi. Elide mi guarda male, come fa sempre quando faccio una domanda, ma mi vuole bene e sbuffando mi risponde pazientemente che sì, torneranno anche gli altri, a parte Fiammifero che si è consumato del tutto e l'hanno trovato morto, con la fiamma spenta e della cenere nera sopra il collo e basta, e neanche Bocca Larga tornerà più, perché a furia di brontolare la bocca è diventata sempre più grande finché al posto della testa è rimasta solo la bocca e han dovuto portarlo da un'altra parte.

Mi dispiace per Fiammifero, però son contento che gli altri torneranno e, anche se lo so che non sta bene, mi fa piacere che non vedrò più Bocca Larga.
Comunque, mi dice Elide, adesso devo sbrigarmi e passare bene lo scopettone, sta per arrivare gente importante, professori dell'università, e tutto deve essere a posto e pulito. Annuisco di nuovo e mi metto subito al lavoro anche se non sarebbe l'ora.

Non c'è nessuno nel corridoio mentre passo lo scopettone sul pavimento stando attento a pulire per bene, e quando arrivo alla Stanza 21, prima di entrare dò una sbirciatina dentro. Ci sono effettivamente due bambine, avranno 7, 8 anni, identiche di viso e con i capelli tagliati uguali. Sedute sul letto, guardano davanti a loro come se non vedessero niente e indossano lo stesso, largo, camiciotto da cui escono solo due braccia, più che due bambine sembrano una bambina tanto grassa con due teste e due braccetti magri.

Non mi fanno paura e allora entro, tenendo il capo chino e mettendomi subito al lavoro per non guardarle. Una di loro, la testa di sinistra, si gira per guardare quello che faccio ma dopo un po' decide che non sono interessante e torna a guardare davanti alla porta aperta come l'altra. Sto quasi per finire e per andarmene quando nella Stanza entrano delle infermiere con un medico e allora io mi fermo e mi rintano in un angolo con la testa appoggiata sul manico dello scopettone.

Con la coda dell'occhio, vedo le infermiere e il medico agitarsi allegramente attorno al letto delle gemelle. Sento che dicono che hanno organizzato un piccolo spettacolo come benvenuto e che vedranno che, in questo ospedale, finalmente riusciranno a farle ridere. Le due bambine ascoltano con aria seria, non sembrano avere proprio nessuna voglia di ridere, anzi si girano per guardarsi l'una con l'altra e scuotono tutte e due la testa, ma gli altri insistono, sarà un bellissimo spettacolo, ci sarà da divertirsi, ma le due gemelle continuano a scuotere la testa con un'aria che da seria diventa sempre più rassegnata.

D'un tratto, fuori dalla porta si sente uno squillo di tromba e subito dopo risuona una musica allegra, vivace, come quelle da circo e allora le infermiere e il medico attorno al letto battono le mani e ridono guardando le bambine che però rimangono impassibili e non sembrano per niente colpite da quel brio musicale.

La musica diventa più ritmata e più veloce, da ballare, un vero e proprio cancan e lungo la porta aperta, come se questa fosse una specie di palcoscenico, si vedono sfilare alcune infermiere che ballano ridendo e lanciando gridolini di gioia, e scatenate sollevano i camici e danno calci all'aria con le gambe alzate, tra applausi e apprezzamenti che si sentono risuonare per tutto il piano.

Il balletto continua così per un po', poi mentre la musica decresce, pian piano, a una a una le infermiere se ne vanno e arrivano due medici, di quelli vecchi, con la barba bianca, che ho già visto e che so essere famosi professori, tutti e due senza camice, vestiti come all'inizio del '900, uno con un abito scuro con le code e il cilindro, l'altro in un completo bianco con un bastone da passeggio e un cappello di paglia alla fiorentina, con il nastro. I due, sempre stando fuori dalla porta come se questa fosse un palcoscenico, fanno finta di incontrarsi e si scambiano battute di spirito e giochi di parole, uno più bello dell'altro e io devo stringere la mascella e mordermi le labbra per non ridere e continuo a tenere il capo chino ma non riesco a trattenere le lacrime, perché sono bravi, ma veramente bravi, sembrano attori veri.

Purtroppo, le gemelle continuano a restare indifferenti, anzi adesso hanno un'aria più infastidita che annoiata e ogni tanto si guardano, continuano a scuotere la testa e sbuffano. Ad un certo punto, quando la bambina di sinistra gira la testa scocciata, i nostri sguardi si incrociano per un attimo e io, non so perché, sempre tenendo la testa china le sorrido, strizzo un occhio e mi metto a muovere le orecchie perché, anche se quasi nessuno lo sa, io sono capace di muovere le orecchie.

Allora la bambina apre la bocca meravigliata e col braccio fa segno all'altra di guardare anche lei e poi, di botto, vedendo come il mio orecchio si muove, scoppiano tutte e due in una risata alta, potente, di quelle che nascono dal cuore e nessuno è capace di fermare.

Quelli che non ridono però sono i medici e le infermiere, sia quelli dentro la camera che quelli in corridoio, che hanno messo la testa dentro e mi fissano tutti serissimi, con odio, quasi disgustati dal mio comportamento. Colto sul fatto, smetto di muovere le orecchie, prendo il mio scopettone e a testa bassa, cercando di farmi piccolo piccolo, quasi sperando di diventare invisibile, me ne esco dalla Stanza 21 e vado a rinchiudermi nel mio ripostiglio.

E adesso me ne resto qua, seduto sullo sgabello ad aspettare non so neanche cosa. So di averla fatta grossa, neanche le voci nella mia testa mi fanno compagnia e se ne stanno zitte per la vergogna. Che guaio. E adesso cosa faccio?

## Fermata di metropolitana 2

Santo Spirito, ore 8:42

Ecco, il treno sta rallentando, siamo in arrivo alla mia fermata. Io mi preparo ad uscire e mi fermo dietro a quelli che si sono già posizionati presso la porta del vagone. Ci stiamo accalcando, è l'ora di punta e c'è un mucchio di gente, qualche spinta è inevitabile e anche accettabile, e nessuno dice niente: abbiamo tutti fretta. Per quel che mi riguarda, cerco di stare attento e di non urtare nessuno, ma ormai, se succede, come gli altri ho smesso di farci caso.

L'altoparlante interno annuncia: "Santo Spirito, stazione di Santo Spirito". Il treno si ferma del tutto e le porte si stanno aprendo quando io con mia grossa meraviglia mi ritrovo ad estrarre da sotto il mio cappotto, con la mano destra e tenendo la lama in basso, un pugnale bene affilato, a taglio largo, e ne appoggio la punta contro la schiena dell'uomo davanti a me, uno sconosciuto con un giubbino verde scuro che tiene una borsa di pelle chiara sotto il braccio. Nel momento stesso in cui sistemo l'arma, in un attimo e senza che nessuno mi veda, do un forte colpo con la mano sinistra al manico del coltello, con precisione, così che la lama penetra giusto tra la terza e la quarta costola e trafigge il cuore dell'uomo. Costui emette solo un rantolo, stupito, come se avesse avuto un improvviso malore, e rimane per un attimo in piedi, senza cadere, pigiato com'è in mezzo alla calca. Sono allibito per quello che ho fatto, è stato come se mi fossi mosso in modo automatico, come se non fossi stato io a comandare il mio corpo, più di tutto però sono sbalordito, non capisco, il tutto è durato un attimo ma io l'ho vissuto come se fossi al rallentatore.

In ogni caso, appena dato il colpo, abbandono il coltello nella schiena dello sconosciuto e mi sposto a lato dell'uomo che cade e senza voltarmi scendo dalla vettura e mi confondo fa la folla.

Alzo gli occhi e vedo la grande insegna verde con lettere in bianco che dice: "Santo Spirito" e sono ancora preda del mio stupore quando…

…mi ritrovo dove ero prima, nella stessa identica posizione, dietro l'uomo col giubbino verde scuro, in attesa di scendere dal vagone.

Scuoto la testa, sono frastornato, mi sembra di avere le vertigini. Che cosa era stato? Un colpo di sonno con sogno annesso, penso, o qualcosa del genere, o addirittura, e sarebbe preoccupante, una allucinazione. In ogni caso, non mi è mai capitato niente del genere, sarà che sono ancora addormentato, sarà che sono stanco e stressato, che ne so. Cerco di dimenticarmi della faccenda, però, mentre le porte si aprono, ecco di nuovo la mia mano destra che tira fuori il coltello e lo appoggia alla schiena del tipo davanti a me, l'altra mano che dà il colpo e quello che muore mentre io, ancora, mi sposto di lato e scendo in fretta senza che nessuno badi a me. Non posso fare a meno di girarmi e vedo proprio l'istante in cui l'uomo cade: come prima, era rimasto per un attimo in piedi pressato in mezzo alla ressa, ma mentre la gente si sposta lo vedo afflosciarsi piano piano fino a finire steso per terra con il mio coltello piantato nella schiena e resto a bocca aperta, impietrito, a guardarlo e a prendermi spintoni dalla gente che urla e di colpo…

…sono di nuovo alle spalle dell'uomo col giubbino verde scuro, e la metropolitana rallenta per entrare a Santo Spirito e mi si ferma il cuore nel vedere la mia mano uscire da sotto il cappotto con il coltello e per me tutto questo è un incubo, e vorrei urlare ma non ce la faccio e non riesco neanche a bloccare le mie mani che, con gli stessi identici gesti di prima, piantano l'arma nella schiena dello sventurato.

E ancora, come se il mio corpo fosse succube di una qualche entità estranea, mi sposto a lato, in fretta e guardando dritto davanti a me, ma stavolta vado a sbattere contro una mamma che tiene per mano un bambino e quella mi grida che devo fare più attenzione e io, che continuo a sentirmi in uno stato a metà tra robotico e il catatonico, faccio di sì con la testa ma non vedo più il volto della donna…

…vedo il giubbino verde scuro e non immagino, so già fin troppo bene cosa succederà, ma non posso farci niente, guardo come se non l'avessi mai vista prima la mia mano che se ne esce tenendo stretto il pugnale, e mi stupisco nel constatare che indosso un paio di guanti di pelle marrone, aderenti, prima non me ne ero neanche accorto. Dentro di me la mia coscienza sta gridando "No, no!" ma le cose procedono come se questa mia vicenda non fosse un disco incantato e io uccido l'uomo.

Adesso però non mi sposto, non scendo, vengo travolto dai passeggeri frettolosi che spingono e cado anch'io in ginocchio vicino all'uomo che ho ammazzato, e la gente inciampa su di me mi accorgo che sto piangendo e passo una mano sul viso per asciugarmi le lacrime e sono…

…di nuovo qui, di nuovo dentro questo orrore.

Stavolta non bado quasi a quello che sto facendo, mi chiedo piuttosto che cos'è che sta succedendo, cos'è questa alterazione mentale, perché non si può trattare di altro: potrebbe essere una specie di sogno dentro il sogno dentro il sogno, oppure forse sono ricoverato in qualche manicomio e questo è un vaneggiamento della mia mente, della mente di un povero pazzo, o magari qualcuno mi ha somministrato qualche droga, a mia insaputa, perché io non ho mai fatto uso di stupefacenti...

Continuo a farmi ipotesi del genere in testa mentre procedo ad uccidere l'uomo e poi lo guardo cadere e non ci faccio neanche più caso, come se la faccenda non mi riguardasse più, sono arrivato alla conclusione che sono pazzo, o sono sotto l'effetto di qualche droga oppure qualcos'altro che ancora, non conosco, comunque sapere che tutto questo non è altro che una fantasia, una irrealtà e che io non sto ammazzando nessuno mi rasserena, però mi sento spingere da quelli dietro e…

…sono ancora qui, ad ammazzare questo povero cane che sta davanti a me.

E adesso mi sto chiedendo perché. Perché questa fantasia, questo delirio della mente, questa crudele frutto della mia immaginazione, perché? Io non sono un assassino, non ho mai fatto del male a nessuno, non ho mai girato con un coltello in tasca, non ho mai avuto fantasie omicide, tanto meno nei confronti di sconosciuti con giubbino verde scuro e cartella di pelle chiara in metropolitana, addirittura non ho neanche mai avuto un paio di guanti di pelle, e allora che storia c'è dietro, qual è il motivo di questa ossessione, quale?

Dentro di me la mia coscienza è impotente e non riesco nemmeno a dire "Non sono io!" nel vedere le mie mani compiere quei gesti che mi sembrano ormai rituali, come quelli di un prete a messa, e porre fine alla vita di questo poveraccio che non conosco, non mi ha fatto niente e mentre lo lascio morire e scendo dalla metropolitana è come se non vedessi e non sentissi più niente, sono solo angosciato dalla domanda 'perché' e senza accorgermene vado a sbattere contro la mamma col bambino e mentre questa mi grida di stare più attento il mio stomaco di colpo sembra ribellarsi anche lui e vomito la mia colazione sulla cartella del bambino che fa un verso di schifo e io…

…adesso accetto come una condizione quasi normale, come una routine, il trovarmi ancora alle spalle dell'uomo col giubbino verde scuro, pronto ad ammazzarlo, mi rendo conto di non avere più né la forza né la volontà di ragionare su quello che sto facendo. Sono pazzo, è l'unica soluzione, devo farmene una ragione, e va bene così, ho la sensazione che sia meglio essere pazzo, in questo modo tutto quello che mi sta capitando semplicemente non esiste, non è reale, è un incubo, sì, ma un incubo dal quale so che verrò fuori. Naturalmente, anche se penso queste cose, procedo rassegnato nella mia opera assassina, ma con questa consapevolezza la cosa mi risulta un po' meno angosciante. Sbarro gli occhi e sento il terrore diffondersi per tutto il corpo quando mi accorgo di sentire uno strano sapore in bocca, e con la lingua percepisco fra le gengive un rimasuglio del mio vomito, e allora anche l'ultima illusione misericordiosa mi abbandona e con rinnovato orrore devo riconoscere che no, non è una fantasia, il sapore del vomito è reale, e sono la mia lingua, la mia bocca è il mio stomaco ancora dolente per lo sforzo a confermarmi che quello che sta succedendo, sta succedendo sul serio…

…e la storia si ripete, si ripete, si ripete, con poche, insignificanti varianti, quello che proprio non cambia mai, quello che è diventato il perno della mia vita è la mia mano destra che appoggia il coltello alla schiena dell'uomo con il giubbino verde scuro e poi la mia mano sinistra che dà il colpo per far entrare la lama tra la terza e la quarta costola dell'uomo e gli spacca il cuore. E avanti così, per un numero infinito di volte, sempre uguale, sempre nello stesso modo. Per quello che mi riguarda, ho abbandonato qualsiasi tentativo di controllo, tanto il corpo non mi obbedisce, ho smesso di giudicare e di pensare, tanto la mente non ci può fare niente, io non esisto più.

…L'altoparlante interno annuncia: "Santo Spirito, stazione di Santo Spirito" ma davanti a me non c'è nessun uomo col giubbino verde scuro, c'è solo altra gente che aspetta di uscire. Alzo la mano sinistra: non c'è nessun guanto, e anche la mano destra è nuda, la vedo che stringe bene la mia borsa di pelle chiara.

Il mio cuore fa un salto in gola per la gioia, manca poco che mi metta a cantare e gridare per la felicità, ma mentre le porte si aprono sento il coltello che entra nella mia schiena e mi spezza il cuore e chiudo gli occhi e vengo tenuto per un po' in piedi dalla ressa di quelli che stanno scendendo prima di afflosciarmi e di morire col coltello che conosco bene piantato tra la terza e quarta costola.

## Cella 231

Lovanio, 4 aprile 1902

Al Presidente dell'Accademia degli Eccelsi Studi di Augsburg Presidente, io sono il professor Hermann von Kleineslamm Saint-Denis de la Croix, onorato membro dell'Accademia fin dal 1886 e anche se da qualche tempo, impegnato come sono nelle mie ricerche e sperimentazioni in terra di Francia, non ho potuto partecipare attivamente ai lavori dell'Accademia, vi scrivo per segnalarvi un fatto increscioso causato da un millantatore, sedicente professor Johannes von Kirchenstahl, che si professa anch'egli membro del nostro illustre convivio!

Vi racconto cosa è successo. Ieri, 3 aprile, mi trovavo a Lovanio in visita ad un esimio collega della locale Facoltà di Teologia e venni incuriosito da un avviso in cui si invitava a partecipare ad un esperimento di divulgazione scientifica aperto al pubblico presso l'Istituto di Elettroterapia della Facoltà di Medicina Sperimentale. Si specificava che detto esperimento sarebbe stato condotto appunto da questo Johannes von Kirchenstahl, professore a Gottinga e membro dell'Accademia degli Eccelsi Studi di Augsburg e avrebbe riguardato il trasferimento di fluidi elettromagnetici nell'etere.

A me il nome di questa persona non diceva nulla, per me si trattava di un illustre sconosciuto, ma rendendomi conto che non si può conoscere tutti all'interno di una vasta cerchia internazionale quale è il nostro onorato sodalizio, non potei capire subito che questo von Kirchenstahl non era altro che un mendace cialtrone.

Comunque, dal momento che il soggetto dell'esperimento rientrava nell'ambito dei miei precipui interessi scientifici, decisi comunque di presenziarvi anche per poter fornire, al caso, il mio illuminato parere a riguardo.

Per motivi che ora non rammento, giunsi però in ritardo all'Istituto di Elettroterapia ed entrai nel gabinetto anatomico dove si teneva l'esperimento quando questo era già iniziato. Non so dirle quanto rimasi attonito e stupefatto nel vedere che sul tavolo al centro in basso nella sala, questo impostore stava procedendo al passaggio di fluidi nell'etere utilizzando un trasmettitore elettromagnetico con antenna

spirale parabolica, lo stesso che io uso ormai da anni nel mio laboratorio e di cui, specifico, non ho mai ceduto il brevetto!
Oltretutto, quell'individuo parlava come se la macchina fosse una propria invenzione, il farabutto, quando bastava vedere come utilizzava l'apparecchio per capire che non aveva nessuna confidenza o familiarità con certi dispositivi e certe tecniche!

Naturalmente, non potevo restare impassibile davanti a tale affronto, e allora discesi in fretta le scale per affrontare direttamente l'insipiente canaglia ma egli, che come tutto l'auditorio era stato distratto dal rumore dei miei passi, interruppe l'esperimento e girò attorno al tavolo e alzò un braccio come per fermarmi esclamando al contempo il mio nome: "Professor von Kleineslamm!"

E qui ebbe inizio un dialogo tanto assurdo quanto sconcertante, che intendo riportare nei dettagli perché Voi possiate farvene una adeguata opinione.

"Ahah! Allora mi hai riconosciuto, gaglioffo!", gridai contro l'uomo che sembrava diventato di cera da quanto era impallidito.

"Professor von Kleineslamm...", balbettò "Che cosa ci fa lei qui? Lei non può essere qui."

"Come sarebbe, che non posso essere qui, lurido plagiario ignorante?"

"Voi... Voi siete morto, professore."

"Morto? Io? Ti sembro forse morto io? Magari ti farebbe anche comodo, eh, che io fossi morto, vero, farabutto? E invece no! Io sono qua, vivo e vegeto, a rivendicare i miei diritti e il mio onore, razza di pagliaccio travestito da scienziato!"

"Mi correggo. Come uomo di scienza posso affermare che lei non è morto, no. Ne consegue che lei, semplicemente, non è il professor von Kleineslamm, ecco. Lei non è altro che un pazzo che per qualche motivo si spaccia per il professore, o forse è ubriaco oppure non è nient'altro che un mascalzone pagato dai miei rivali per venire qua e interrompere il mio esperimento! Le cose devono stare così, altrimenti bisognerebbe concludere che lei è lo spettro del defunto professor von Kleineslamm, e la logica e la ragione non possono credere ai fantasmi!"

Lo fissai strabuzzando gli occhi e sentivo il sangue montarmi alla testa mentre tutta la mia rabbia e il mio sdegno esplodevano: "Infame! Cosa credi, di confondermi, con questi tuoi vani deliri? Adesso sentirai quanto pesa la mano di un fantasma, canaglia!", ma mentre mi avventavo contro l'uomo per rifilargli un paio di ben meritati schiaffoni, mi sentii bloccare da due inservienti che senza che me ne potessi accorgere erano arrivati alle mie spalle.

Grazie a questo intervento, il cialtrone si era rasserenato e lo sentii dire con tono più pacato ai due uomini: "Bene, vi ringrazio signori. Per favore portate fuori di qui questo vagabondo ubriacone e dategli una bella ripassata, che gli passi la voglia di venire ancora da queste parti a interrompere un esperimento di tale enorme importanza scientifica."

Mentre mi trascinavano via, riuscii a girarmi ancora verso il maledetto e gli urlai contro un'altra volta: "Vergogna, quale insolenza trattare così uno scienziato del mio rango! Esperimento di enorme importanza scientifica, figuriamoci! Tu non sei altro che un impostore, uno che copia le mie scoperte e le copia anche male, non sei neanche capace di mettere a punto lo strumento, con l'antenna messa in quel modo che grida vendetta davanti a Dio!"

A queste mie parole il dannato fece un cenno agli uomini per fermarli. Con un lampo di curiosità negli occhi mi chiese: "Cosa intendi, vagabondo, con queste due parole?"

"Intendo dire che il mio strumento è un gioiello di perfezione, ma che non si può combinare niente di buono con l'antenna puntata verso l'alto, asino! L'antenna deve avere una inclinazione tra 35 e i 40 gradi per poter trasmettere adeguatamente il fluido, asino di due cotte! E poi... La struttura di ricezione in ceramica! È inaudito! Usare una piastra di ricezione di ceramica è semplicemente idiota: è appurato che la composizione della ceramica determina la presenza di fillosilicati, i quali non fanno altro che inibire la ricezione, ignorante pasticcione! Hai mai sentito parlare del polietilene, eh, bestia? Ormai sono passati più di quattro anni dalla prima sintesi ad opera di von Pechmann, e quello bisogna usare, non altro! La ceramica va bene per il caffè o la birra, non per i fluidi elettromagnetici, insipiente somaro!"

Credevo con queste mie parole di avere sufficientemente colpito l'ignorante impostore così da indurlo a rinunciare alla sua ridicola farsa, però invece lui rimase in un attimo in silenzio e poi rivolto agli inservienti: "Basta, finiamola con queste storie. Sono stanco di avere a che fare con costui, buttatelo fuori, e mi raccomando la bella ripassata!"

Così mi portarono fuori, sul retro del palazzo dell'Istituto, dove i due tangheri mi fecero subire l'affronto di rifilarmi una sfilza di calci nel sedere, di modo che, dopo essere stato umiliato nello spirito, venni mortificato anche nel corpo.

E quindi mi rivolgo a Voi, esimio Presidente, affinché mi rendiate giustizia testimoniando davanti alla comunità accademica il valore della mia ricerca e del mio lavoro, e aiutandomi a identificare e perseguire questo sedicente professore in ogni sede e presso ogni autorità, per porre rimedio all'oltraggio che è stato fatto non solo alla mia dignità e al mio fisico bensì anche al buon nome e all'onore dell'intera Accademia.

In attesa di venire a conferire direttamente con Voi ad Augsburg, attendo con fiducia quanto vorrete intraprendere in merito.

Con rispetto, mi firmo professor Hermann von Kleineslamm Saint-Denis de la Croix membro dell'Accademia degli Eccelsi Studi di Augsburg.

≈ ≈ ≈

## Parigi, 5 aprile 1902

A: Théobald Dupont, presso il Manicomio Distrettuale di Saint-Denis Monsieur Dupont! Sono Jules Chasselongue, capo redattore del 'Matinée Scientifique' di Parigi, e non quello che lei chiama il presidente di una inesistente accademia.

La invito a non inviarmi più missive del genere e a farmi perdere tempo quando noi tutti in redazione dobbiamo prepararci al grande evento che si presenterà in questi giorni, e cioè l'arrivo a Parigi del professor von Kirchenstahl dell'Università di Bratislava che ci rivelerà come, grazie ad una illuminazione nel bel mezzo di una dimostrazione pubblica a Lovanio, abbia avuto l'intuizione giusta per portare a perfezione il suo trasmettitore di fluidi elettromagnetico con antenna spirale parabolica, trovando l'inclinazione corretta dell'antenna e il giusto materiale da impiegare nella piastra di ricezione!

Si astenga quindi dallo scriverci ancora e la avvertiamo che d'ora in poi qualsiasi lettera proveniente dal manicomio di Saint-Denis verrà da noi cestinata senza nemmeno leggerla e la diffidiamo anche da farci visita in redazione, perché vi assicuro che la butteremo fuori senza indugio e che le daremo pure una bella ripassata!

A mai più risentirci Jules Chasselongue redattore in capo del 'Matinée Scientifique'.

≈≈≈

L'uomo se ne stava rannicchiato in ginocchio. appoggiato al muro imbottito, impossibilitato a muoversi bloccato com'era nel camiciotto di tela grezza con le maniche senza aperture legate con dei lacci dietro la schiena. Gli occhi infossati nel viso scarno e butterato, resi ancor più spettrali dalle occhiaie nere e profonde, lanciavano lampi di odio e rabbia contro i due infermieri che se ne stavano in piedi nella cella n. 231 del Manicomio Distrettuale di Saint-Denis.

«... e senti poi come chiude, lo Chasselongue: "... vi assicuro che la butteremo fuori senza indugio e che le daremo pure una bella ripassata! A mai più risentirci". Ahahah! Hai capito, Alexandre? Una bella ripassata! Ahahah!» si sganasciò l'infermiere che aveva appena finito di leggere ad alta voce la lettera del redattore del 'Matinée Scientifique' e diede con la mano grossa e pelosa una pacca sulla schiena del suo collega che pure rideva a crepapelle.

«Ma l'hai capita, Dupont, come ti rispondono, questi? Ma come si permettono? Una bella ripassata, hanno il coraggio di dire al nostro illustre professore!» ghignò asciugandosi le lacrime Alexandre rivolto all'uomo legato e per qualche attimo lo fissò per bene in volto «Mamma mia, che faccia... Hai visto, Philippe, quant'è arrabbiato il professore? Siamo noi che ti facciamo arrabbiare, eh, Dupont? O è quello che ti dicono nella lettera? Non rispondi, non dici niente... E fai bene, fai, non vuoi che ti rimettiamo anche il bavaglio, vero, povero scemo?»

«E poi,» intervenne di nuovo il primo infermiere «non avere paura che anche se loro dicono di non scrivergli più, noi ti facciamo scrivere lo stesso le tue letterine, professore, sei contento? E se questi non le vogliono più, noi le mandiamo a qualcun altro, giusto? Magari al 'Figaro' o a quelli del Politecnico vero Philippe?»

«Ma certamente? E se vuoi, Dupont, ti facciamo scrivere anche a Zola, anzi no, meglio di no perché quello è uno che magari ti dà pure retta, e allora poi noi non ci divertiamo più.», e rivolgendosi al collega «Dai, andiamo, che per oggi ho riso abbastanza.»

«Sì, andiamo. A domani, professore dei miei due, le porteremo carta e penna...»

Così i due se ne uscirono ancora ridacchiando fra loro e ricordandosi di chiudere bene a chiave la pesante porta di ferro, a doppia mandata, perché la camicia di forza era sì bella robusta, ma con i matti non si sa mai.

Così Théobald Dupont rimase solo nella sua cella nel manicomio di Saint-Denis, a digrignare i denti quasi fino a spezzarli, tant'era la rabbia a cui non poteva in alcun modo dare sfogo. Urlò un paio di volte, ma non gli servì molto, e allora non poté fare altro che fissare la piccola finestrella in alto, chiusa da grosse sbarre, e guardare il sole calare a poco a poco.

≈≈≈

Si stava ormai facendo buio quando nella cella di Dupont arrivò il suo Doppio, il professor Hermann von Kleineslamm Saint-Denis de la Croix, molto elegante nel suo completo grigio sotto la redingote nera con pelliccia di castorino sui risvolti anteriori. Senza salutare, si tolse la tuba e la posò sul pagliericcio, controllando che la coperta non fosse troppo sporca. Poi, sempre controllando, si sedette anch'egli e si tolse gli occhialetti d'oro per pulirli con la pochette grigio perla che portava nel taschino della giacca, il tutto con gesti lenti e misurati.

Dupont era rimasto a guardarlo in silenzio, ancora furente, finché non ne poté più e sbottò contro l'altro: «Ah, sei qua, eh? Era ora! Si può sapere cosa diavolo hai combinato?»

Il Doppio alzò un sopracciglio e fissò stupito Dupont: «Pardon?»

«Pardon un corno! Cosa sei andato a fare a Lovanio, eh? Perché sei andato a raccontare a quel von Kirchenstahl del nostro trasmettitore elettromagnetico con antenna spirale parabolica? Lo sai che quello doveva servire a teletrasportarmi fuori di qui!»

Il Doppio distolse lo sguardo dall'uomo nella camicia di forza, senza riuscire nascondere un certo imbarazzo «Beh, uhm... Sì, è vero, però... Insomma, anche l'elettroterapia è importante, rappresenta un grande passo per la medicina, porterà benefici per tutta l'umanità...»

«All'inferno l'umanità! Io ti avevo ordinato di trovare un sistema per farmi uscire da questa fogna! Tu sei qua per essermi utile, devi fare quello che dico io, non andare a spiattellare le cose nostre in giro per il mondo! Tu sei il mio Doppio, non dimenticarlo!»

Il professor Théobald Saint-Denis de la Croix mise su un'espressione offesa: «Beh, uhm...É vero, lo ammetto: io sono il suo Doppio. Però devo ricordarle che i patti fra di noi erano chiari, fin dall'inizio: lei avrebbe mantenuto la sua identità e si sarebbe goduto la vita mentre io mi sarei occupato delle questioni di lavoro, attività scientifiche e di ricerca comprese. Ne consegue che lei non ha né l'autorità né il potere di obbligarmi ad alcunché in quest'ambito e che ho la facoltà di agire e comportarmi a mia unica discrezione.»

«Poche storie, Doppio! Non cerchiamo il nodo nel giunco! Tu sei qui per farmi uscire da questo posto, e se non sarà con il trasmettitore devi inventare qualcos'altro!»

«Certo, certo, è il mio compito e sarò lieto di adempiervi. Prima però è opportuno che io mi occupi di un'altra faccenda. Sa, c'è un fisiologo, il professor Pavlov, dell'Istituto di Medicina Sperimentale di Mosca, che sta compiendo importanti ricerche ma è rimasto bloccato su quello ciò che lui chiama 'secrezione psichica', e credo che dovrei proprio andare a dargli una mano...»

Dupont era diventato di colpo paonazzo e le vene del collo sembravano sul punto di scoppiare: «Che cosa!? Vuoi farmi impazzire veramente? Prima di tutto mi tiri fuori di qua, e poi, sempre che io te lo permetta, puoi andare a fare qualcos'altro, capito? Sei un Doppio, ripeto, sei solo un Doppio!»

Il professor Hermann von Kleineslamm Saint-Denis de la Croix si alzò sdegnato: «Sarò anche un Doppio, come dice lei, ma godo di libero arbitrio e intendo usarlo appieno! Sono uno scienziato e per me la conoscenza e il bene dell'umanità hanno la priorità! Ora me ne vado, e tornerò quando avrò tempo per i suoi piccoli e irrilevanti problemi personali.» Si rimise in testa la tuba e si allontanò, ma prima di andarsene del tutto si girò per puntualizzare: «E, comunque, 'Doppio' è un termine volgare e approssimativo. In futuro, la prego di usare 'Doppelgänger', più preciso e più consono alla mia dignità. Au revoir, Monsieur Dupont.»

## Il fantasma

A.V. sta camminando tranquillo sul marciapiede e si ferma un attimo per guardare una vetrina, quando un uomo di mezza età, a passo veloce, lo urta con violenza alla spalla, così che A.V. fa una mezza piroetta su sé stesso e finisce a sbattere contro un portone. L'uomo di mezza età tira dritto, come non si fosse accorto di niente, e probabilmente è proprio così.

Perché A.V. a poco a poco, negli anni, si era trasformato in un fantasma. O, almeno, così credeva lui, e non aveva tutti i torti. Il fatto è che A.V. si sentiva vivo, era vivo, aveva necessità umane come mangiare, bere, dormire, se prendeva una botta si fa male, accendeva e spegneva la televisione, queste cose le faceva. Eppure, da diverso tempo, e la cosa era peggiorata di molto dopo la pensione, gli sembrava che lui per gli altri non esistesse, che fosse diventato invisibile, qualcosa del genere. Naturalmente, sapeva di non essere pazzo, si rendeva conto che questa era unicamente una sua percezione, che lui era una persona reale, con un corpo fisico che non lasciava passare la luce, e nemmeno poteva attraversare i muri o alzarsi in aria o cose del genere, però la sensazione non cambiava.

Così si era abituato alla gente che per strada lo urtava e tirava dritto e, volente o nolente, era diventato più abile a schivare la gente che a fare notare la sua persona, e quando camminava per strada si confondeva con i muri della città, cercava di annullarsi nella confusione della città dove tutti hanno qualcosa da fare, vanno di corsa, e non hanno tempo da perdere e neanche la voglia di considerare che al mondo c'è altra gente oltre a loro.

Non che il suo aspetto l'aiutasse a farsi vedere: vedere: mingherlino, basso, un po' calvo, con una faccia piatta dove un paio di baffetti color cenere non riuscivano a ravvivare gli occhi piccoli e distanti, e la bocca che tendeva all'ingiù, in una smorfia di perenne rassegnazione e mestizia, quella di uno a cui hanno rubato la macchina e se ne resta là a fissare il posto vuoto. E al nulla del volto si accompagnava il niente del suo abbigliamento usuale, il completo grigio topo che portava da... neanche lui sapeva da quando, ormai liso e che ad ogni stagione diventava sempre un po' più floscio. Non era un caso che quando la mattina arrivava in ufficio i colleghi ridacchiassero alle sue spalle e dicessero fra loro cose del tipo "È arrivato l'autunno", cosa che a lui faceva male, ma tempo dopo avevano aveva smesso di chiamarlo così e avevano preso a comportarsi come se lui non esistesse proprio, non rispondevano ai suoi educati "Buongiorno", non gli rivolgevano la parola, posavano le carte sulla sua scrivania senza dirgli niente, come se là seduto sulla sedia non ci fosse nessuno. E questo gli aveva fatto ancora più male.

Quando poi era andato in pensione, si era accorto che la faccenda era andata ben oltre, e che la semplice indifferenza era diventata qualcosa che si può definire solo al negativo, una specie di non-percezione assoluta: quando entrava in qualche negozio per comprare il pane, o il giornale, o anche al bar quando voleva prendere un caffè, servivano prima tutti gli altri, anche quelli che entravano dopo di lui e solo alla fine, quando non c'era più nessuno, solo allora il negoziante o il barista prendevano atto quasi stupiti della sua esistenza e lo servivano, sempre che nel frattempo non fosse entrato a qualcun altro ancora. Una volta A.V. aveva anche cercato delle motivazioni razionali a quello che succedeva: "Il barista," pensava "serve prima gli altri perché li conosce, sono avventori abituali, li favorisce. E io sono uno sconosciuto."; dal tabaccaio, o dal fornaio o in altri posti ancora "È colpa degli altri clienti che mi passano davanti perché sono maleducati e incivili." si diceva. Ma non era così, e alla fine si era rassegnato: lui era diventato invisibile e forse neanche esisteva o, meglio, per gli altri proprio non esisteva, nel senso letterale del termine.

Gli piaceva però andare alle Poste, e ci andava ogni volta che poteva, perché alle Poste prendi il numero all'entrata, aspetti e alla fine il numero compare sul tabellone e in questo modo A.V. andava sorridente allo sportello, tenendo ben visibile, in alto, il pezzo di carta bianco con sopra stampato un numero in nero, una cosa che è impossibile non vedere.

Il posto peggiore, invece, era la metropolitana. Qui ogni volta era un inferno. Spinte, urti, anche calci non si contavano e il brutto era che non erano diretti contro di lui, erano cose che capitavano, semplicemente, un paio di volte era capitato addirittura che un una spinta più forte di altre l'avesse fatto cadere e nessuno si era fermato ad aiutarlo, si erano limitati a scavalcarlo ma d'istinto, senza neanche guardarlo, senza nemmeno accorgersi che lì, per terra, nel vagone, ci stava stesa una persona.

Certo, alle volte aveva provato ad alzare la voce, a lamentarsi, ma il massimo risultato era stato che qualcuno si era fermato, si era guardato attorno come incuriosito e poi, visto che non c'era niente da vedere, aveva scrollato le spalle e aveva continuato la sua strada. Quando poi arrivava al binario, se ne stava ben distante perché aveva il terrore che qualcuno urtandolo lo facesse cadere sulle rotaie, magari mentre stava arrivando il treno. In questo modo però, stando distante, era cosa comune che gli altri entrassero in massa e che lui alla fine restasse fuori, ad aspettare il prossimo treno, e questo magari per tante, troppe volte. Una volta poi che riusciva ad entrare, cercava di trovarsi un posto d'angolo, il più protetto possibile, ma anche così veniva schiacciato, la gente si appoggiava addosso a lui con la schiena, lo bloccava e spesso non riusciva neanche a farsi strada per scendere alla sua fermata e gli toccava poi fare un sacco di strada a piedi per niente. Sì, la metropolitana era proprio l'inferno, anzi era la parte più brutta dell'inferno, perché l'inferno era ormai dovunque.

Anche adesso, seduto ad un tavolino nella sala interna di una pasticceria, con davanti un caffè che il cameriere gli ha portato dopo una fatica immane per farsi vedere e servire, A.V. quasi non si meraviglia di un gruppo di donne sedute vicino a lui che chiacchierano ad alta voce e si raccontano le loro faccende personali come se non ci fosse nessuno a sentirle, come se lui non fosse niente altro che un pezzo d'arredamento, anzi peggio perché magari un quadro, una lampada, un qualcosa uno sguardo le meritano, lui no. Per questo una di loro, quando è arrivata, ha posato un paio di pacchi proprio sul tavolino dove stava seduto lui, senza dire niente, come se fosse la cosa più normale del mondo.

Forse però stavolta A.V. la prende in modo differente. Non lascia trapelare niente, è grigio e anonimo come al solito, ma fissa i pacchi con odio. E si ricorda che a casa, in una cassa di legno vecchia e tarlata, dove ci sono dentro le cose vecchie del padre morto, che faceva la guardia notturna, ci sta ancora la vecchia pistola che non ha mai buttato e non è neanche mai andato a denunciare. E forse ci sono anche dei proiettili.

La mattina dopo, A.V. arriva alla fermata della metropolitana di viale Vittoria, e tiene la mano dentro la tasca del suo triste completino grigio, e la mano stringe la pistola del padre che ha passato la notte ad oliare e controllare il meccanismo. E nella cassa c'erano anche i proiettili.

A.V. Scende i gradini lentamente. Non ha più un'area dimessa e anonima., lo sguardo è quello di un uomo che sa quello che vuole, anche la bocca ha perso la smorfia di rassegnazione, le labbra sono dritte e ben strette, e lui stesso cammina meno curvo del solito, tiene la schiena dritta, procede a passi sicuri, lenti ma decisi. Non c'è nessuno che lo urta, che lo spinga, pare abbia addosso un'aura che tiene gli altri distanti e lui stesso si sente più forte, anche più alto.

Ad un certo punto si ferma. Ha notato un tizio sulla trentina, uno vestito elegante, con un completo blu che stona con le sneakers ai piedi. Porta una borsa da computer da tracolla, in una mano tiene la valigetta 24 ore e con l'altra il cellulare dove sta parlando ad alta voce, con tono quasi arrabbiato. "Quello può andar bene", si dice A.V. Con fermezza, tira fuori la vecchia pistola, sperando dentro di sé che non faccia cilecca, la punta alla testa dell'altro, spara. Quello crolla e la gente attorno, al sentire lo sparo e al vedere il sangue che si allarga per terra, incomincia a correre e urlare. A.V. non se ne cura. Ha altri cinque colpi nella pistola. Riprende a camminare e ogni tanto si ferma e spara, senza un particolare interesse a chi spara. Semplicemente, spara. Quando ho finito i colpi, senza che nessuno provi a fermarlo, esce dalla metropolitana e torna in strada.

Il giorno successivo, di buon'ora, A.V. si reca alla solita edicola, compra il giornale e va a prendersi un caffè al solito bar. E sembra che stamattina nessuno gli passi davanti, e che tanto l'edicolante che il barista lo trattino come gli altri clienti, forse perché ha ancora un'aria decisa, si sente ancora più forte e più alto. Mentre assapora il suo caffè, legge quasi con distacco sul giornale l'articolo su quello che è successo in metropolitana il giorno prima. Ad un certo punto, però, le spalle gli si afflosciano di nuovo, torna la smorfia triste sulla bocca e lui torna ad essere il solito anonimo uomo-autunno: ha appena letto che "...nonostante i numerosi testimoni presenti, pare che nessuno sia in grado dare agli inquirenti indicazioni sull'omicida, quasi che a sparare sia stato un fantasma."

## Angelo

Angelo si era alzato presto, sapendo che una dura giornata di lavoro lo attendeva. Finì di sorseggiare il suo caffè e sospirando -non aveva tanta voglia di andare a lavorare quel giorno- se ne uscì in terrazza.

Il panorama che gli si presentò davanti era incantevole: l'alba all'orizzonte creava fantastici effetti di luce ed ombra fra le alte torri della città. Angelo, che viveva in una delle torri più alte, forse in un altro momento avrebbe apprezzato quello spettacolo ma quella mattina... Uffa. Quella mattina decisamente avrebbe avuto voglia di starsene ancora un po' a letto, e quando gli capitava di sentirsi così, era facile che stesse per arrivare una giornata no. Vabbè, comunque era ora di andare.

Angelo attraversò la terrazza ma quando giunse sul bordo — non c'erano né ringhiere né parapetti nelle terrazze delle torri — e si lanciò come al solito, precipitò giù pesantemente, gridando ed agitando le braccia e le gambe in modo goffo.

Prima di schiantarsi al suolo, un ultimo pensiero gli attraversò la mente: “Oh no! Mi sono dimenticato le ali!”

≈ ≈ ≈

## Scatola 2433

Sento la scatola muoversi. Apro gli occhi ma io non stavo dormendo, sono sempre mezzo sveglio e non faccio altro che starmene tranquillo e quando tengo gli occhi aperti è solo per fissare il buio attorno a me. E comunque me ne accorgo subito quando qualcuno sposta la mia scatola. La scatola dove sono dentro io, intendo.

Non so da quanto tempo non succedeva, ma non ha importanza. L’importante è che - dopo- io possa tornare dentro la mia scatola e stare là senza fare niente, come piace a me. Perché io ci sto proprio bene, nella mia scatola: è bella grande, posso muovermi con comodità e cambiare posizione ogni tanto, il cartone è robusto, spesso, e non fa passare i rumori da fuori, anzi a parte quando la spostano e la aprono, io non sento proprio niente, e va bene così.

La scatola adesso si è fermata, non si muove più, e io guardo in alto, e come al solito vedo una piccola luce che diventa prima una striscia sottile di luce e poi si allunga sempre più, finché la lama che taglia il grosso nastro adesivo finisce di aprire del tutto il coperchio. Adesso la luce entra forte, e io sbatto un po' gli occhi perché mi ci vuole un po' per abituarmi, dopo tutto il tempo che ho passato al buio. Ma è questione di poco, veramente, mi alzo e resto in piedi dentro la scatola e mi guardo attorno. Siamo in un capannone, ci sono attrezzature di vario genere, coperte di polvere, scaffali mezzi rotti e tubi arrugginiti. La luce in realtà non è forte, sono io che ho avuto questa impressione, arriva solo dal soffitto, dal sole che fa fatica a passare attraverso le vetrate sporche su in alto. Capisco di trovarmi all'interno di un magazzino dismesso.

Un paio di uomini si avvicinano e allungano le braccia per aiutarmi a uscire dalla scatola ma con un gesto della mano faccio segno di no, io sono capace benissimo di uscire da solo dalla scatola, e poi non mi piace che qualcuno mi tocchi.

Senza parlare, non ce n'è bisogno, mi guidano fino ad una grossa porta in fondo al magazzino e una volta arrivati la aprono ed usciamo. Siamo in mezzo a un vicolo che non ho mai visto prima. Davanti a me c'è un lungo muro dove si vedono i mattoni sotto l'intonaco scrostato, alla mia destra, in fondo, vedo un cancello che chiude il passaggio mentre a sinistra, dove inizia il vicolo, vedo una via più grande, con numerose macchine che passano e che fanno rumore, e sento la puzza degli scarichi, e a me non piacciono né la puzza né il rumore.

Uno degli uomini mi dà in mano una foto. È quella di uno sconosciuto con i capelli brizzolati, la faccia grassoccia, grossi occhiali da vista, un paio di baffetti curati, in giacca e cravatta, pare un uomo d'affari o qualcosa del genere. Quello che mi ha passato la foto adesso mi guarda con area interrogativa e io gliela restituisco e faccio di sì con la testa. Allora, sempre senza dire una parola, mi indica di uscire dal vicolo dalla parte della strada dove ci sono le macchine e di andare a sinistra.

So cosa devo fare, e mi avvio tranquillo. Arrivo alla strada, giro a sinistra come mi è stato indicato e mi trovo lungo un marciapiede molto largo, così da permettere ai pedoni, che sono tanti e vanno avanti e indietro tutti di fretta, di camminare stando distanti dal centro della via, dove come avevo immaginato il traffico è pesante, con le auto che non stanno incolonnate ma si spostano e si tagliano la strada di continuo, e penso che ci mancavano proprio i clacson oltre al rumore dei motori che è già sgradevole del suo, per non parlare della puzza dei gas di scarico.

Cammino a passo spedito e mi guardo bene attorno finché arrivo in una piccola piazza quadrata dove non ci metto molto a individuare, fermo in piedi vicino ad una stazione di taxi, l'uomo della foto. Non vorrei che stesse aspettando proprio di montare sopra una delle vetture ferme e allora mi muovo in fretta: arrivo dietro di lui, passo il mio braccio destro attorno al suo collo e con la mano sinistra faccio leva e sento le vertebre rompersi di un sol colpo. La gente attorno incomincia ad urlare e a indicarmi a dito ma io corro via veloce, non mi ha mai preso nessuno, e ho già seminato tutti quanti da un pezzo quando ritorno al vicolo ed entro nel magazzino da cui ero uscito.

Dentro non c'è nessuno, ma vedo per terra la mia scatola, col numero 2433 stampato a grossi caratteri di colore rosso sul bordo di cartone marron chiaro. Mi ci infilo dentro, e mi metto comodo. So che qualcuno adesso arriverà, la chiuderà con del grosso naso adesivo e io potrò starmene per un altro po' tranquillo, a sonnecchiare e guardare il buio, in silenzio come piace a me.

## Menego (intermezzo veneziano)

24 giugno 1310 – Laguna di Venezia

Erano passate più di due ore da quando avevano lasciato Venezia, e la barca procedeva veloce. Stavano costeggiando il Lio e si erano già lasciati San Nicolò alle spalle quando Menego chiese: «E quella, che isola è?»

«Quella? Quella è l'isola degli spiriti.» rispose Zaneto facendosi un veloce segno della croce «Là non ci va mai nessuno. Là ci stanno i diavoli. «

Menego scosse la testa. Lui non credeva agli spiriti, e non credeva neanche a tutte le storie che raccontavano sulla laguna, storie di streghe, di fantasmi, di diavoli, di serpenti che vengono fuori dall'acqua. Menego non credeva in niente, per lui le sole cose in cui credere erano il suo coltello e il suo padrone, il paròn, come lo chiamava lui. Adesso però al paròn avevano tagliato la testa, e gli restava solo il coltello.

E probabilmente un coltello ce l'aveva anche il barcaiolo, da qualche parte. Quando gli aveva chiesto di portarlo il più presto possibile a Santa Maria di Pastrane perché li aveva un fratello frate e il loro padre era morto e c'era una questione di eredità da risolvere in fretta, Zaneto aveva detto di sì, subito, senza pensarci sopra, perché il linguaggio dei soldi lo capiva, il barcaiolo. E quando poi aveva voluto vedere se aveva i soldi per pagare il passaggio, e lui gli aveva mostrato una borsa con dentro un bel po' di monete, con quelle d'oro che luccicavano più delle altre, a Menego non era sfuggito il lampo di cupidigia e il sorrisetto sulla faccia dell'altro: un avido. Menego li conosceva bene, quelli, ci aveva già avuto a che fare altre volte, e spesso era finita male, per loro.

Comunque, non si sarebbe meravigliato che Zaneto aspettasse il momento buono per tirare fuori il suo, di coltello, e tagliare la gola al passeggero, per prendergli i soldi prima di buttarlo in acqua, ché tanto le correnti della laguna un morto poi se lo portano dove vogliono. E magari pensava anche che doveva essere un lavoretto facile, perché il passeggero non era certo un tipo di cui avere paura: basso, magro, la faccia scavata e butterata e il pallore tipico della gente di terra, sembrava un malatino, uno di quelli che basta un po' di vento per portarli via, specialmente se paragonato a Zaneto, ben messo, alto, con torace possente e braccia muscolose, e la faccia quadrata di quelli che non hanno paura di niente e di nessuno. Menego non faceva paura, no, ed era uno dei suoi punti di forza come avevano scoperto, tardivamente, i tanti che l'avevano sottovalutato, finiti sbudellati dal suo coltello, strangolati con un laccio o con il collo spezzato dalle braccia scarne ma tutte nervi del sicario.

«Brutto tempo.» disse Zaneto. «Tra poco piove, meglio stare vicino alla terra, che non si sa mai.»

Menego alzò gli occhi. Le nuvole che li avevano accompagnati fin dalla partenza ora si stavano addensando, diventavano più scure, e un vento freddo aveva preso a tirare dal nord. Forse era per quello che avevano incontrato poche altre barche, poteva arrivare una tempesta, come quella maledetta che aveva impedito al paròn di salpare per tempo e di arrivare a Venezia all'ora concordata, così che quelli di Chioggia avevano fatto in tempo a catturarlo per portarlo in catene dal doge.

Gli dispiaceva, sì, per il Badoèro, che era stato un bravo paròn, generoso, che parlava poco ma schietto, e trattava i suoi con lealtà e rispetto. Quello che invece non gli dispiaceva era che il paròn l'avesse mandato a Venezia qualche giorno prima, a controllare la faccenda, perché se gli fosse rimasto vicino avrebbe fatto la sua stessa fine. Magari non gli avrebbero tagliato la testa come a un patrizio, ma un paio di giri di corda o qualcos'altro non glieli avrebbe risparmiati nessuno: aveva fatto fuori un bel po' di gente, Menego, per ordine del paròn o anche per conto suo. Così quando il Tiepolo, che pure era il capo della congiura, si era arreso, lui era riuscito a non farsi prendere e se ne era stato ben rintanato in un posto sicuro, da uno che una volta era stato suo compare, perché era vero che lui aveva lavorato soprattutto fuori Venezia, in terraferma, ma era anche facile che qualcuno in città lo potesse riconoscere e allora, senza più la protezione del paròn, la sua fine era sicura.

In ogni caso, trascorso qualche giorno, con le acque più calme dopo la decapitazione del paròn, si era deciso ad uscire dalla sua tana, e il suo ospite gli aveva detto dove trovare Zaneto, che davanti al denaro non faceva domande. Così aveva deciso di muoversi per cercare di far ritorno a Padova, non senza prima però aver accoltellato il suo ospite, perché il rischio che lo denunciasse per intascare i soldi del Giuda c'era sempre. Aveva trovato Zaneto, gli aveva raccontato una storiella credibile, lui ci aveva creduto, oppure aveva fatto finta di crederci, e via, sulla barca, via, lontano da Venezia, dai suoi birri e dalle spie del Doge.

Aveva pensato di arrivare fino a Metamauco, isola su cui erano ancora tanti i padovani, e da lì farsi portare in terraferma dove avrebbe potuto muoversi facilmente per non farsi catturare, magari rifugiandosi verso Mantova, dove sapeva che una mano lesta con il coltello era sempre la benvenuta. Però, aveva considerato una volta a bordo, era facile che a Metamauco i birri stessero in campana e tenessero sott'occhio i padovani, era meglio arrangiarsi, fermarsi su qualche isolotto dove passare la notte e all'alba ripartire con la barca per andarci da solo, verso la terraferma. Da solo, perché mai, neppure per un istante, aveva pensato di lasciare vivo Zaneto, uomo dalle braccia robuste ma dal cervello da poco.

Le nuvole diventavano sempre più grosse e nere e il vento sempre più freddo. Non si vedevano altre barche in acqua, era tutte rientrate e anche il barcaiolo ormai stava virando per portarsi a riva. Menego decise che era meglio agire subito. Dopo, avrebbe dovuto remare lui, forse sotto la tempesta, ma tant'era, non poteva permettersi che la barca si fermasse al Lio.

«Bevo un po' d'acqua.» disse alzandosi e spostandosi verso l'otre che stava a prua, alle spalle del barcaiolo. Mentre alzava l'otre come per versarsi da bere, l'occhio esperto del sicario notò subito che ben nascosto, sotto la sacca con il cibo, c'era, come si aspettava, il coltello del barcaiolo, un coltello da lavoro, grezzo e pesante, comunque mortale, ma arma da poco se paragonata al pugnale del sicario, con il manico in argento sbalzato e la lama lucente tenuta sempre ben affilata.

Menego decise che per Zaneto non valeva la pena di sporcare il proprio coltello e poi, senza tracce di pugnalate, anche se l'avessero trovato avrebbero pensato ad un semplice annegamento. Si tolse dal collo la lunga striscia di cuoio che portava sempre come ornamento ma che poteva servire anche ad altro: tenendola con tutte e due le mani, la passò attorno al collo dell'altro e strinse finché senti il corpo del barcaiolo smettere di agitarsi e afflosciarsi in avanti. Poi, facendo attenzione a non compiere movimenti bruschi, per non far rovesciare la barca, lasciò scivolare il cadavere nell'acqua della laguna.

Mentre il morto veniva portato via dalla corrente, il sicario si mise ai remi e virò verso l'isola degli spiriti, quella dove non ci andava mai nessuno: avrebbe passato una notte tranquilla e poi, la mattina presto, al primo chiarore, l'ora in cui si muovevano i pescatori, sarebbe salpato direttamente per la terraferma, il padovano, e una volta là sarebbe stato al sicuro.

Prima di sbarcare, il sicario costeggiò per un po' l'isola per farsi un'idea di quello che lo aspettava. Vicino a riva, solo dune con pochi cespugli secchi senza foglie, e dietro macchie di alberi, un paio di canneti, un vecchio casone da pesca diroccato e nient'altro. Proprio quello che ci si poteva aspettare da una qualsiasi isola abbandonata. Mentre tirava la barca a terra per legarla a un albero si accorse che il vocio degli uccelli che prima si sentiva forte era improvvisamente cessato. Meglio. Menego amava il silenzio.

Messa al sicuro la barca e raccolta la sua roba, Menego si avviò verso il casone che aveva notato prima. Probabilmente era messo male, ma non si poteva mai sapere, e infatti risultò essere messo meglio di quanto avesse pensato: il palo al centro stava ancora in piedi e sotto le canne rimaste, con una delle coperte che si era portato dalla barca, anche se fosse arrivata la tempesta avrebbe potuto stare al riparo, passare la notte senza problemi, magari non del tutto all'asciutto ma in grado di riprendere subito il viaggio appena il tempo l'avesse concesso.

Sistematosi nel casone, Menego ripensò a tutta quella dannata congiura, a quel porco del Donà che era andato dal Doge a fare la spia, al Querini che ci aveva rimesso le penne combattendo, al Tiepolo che aveva concordato la resa ed era scappato e al suo paròn, il Badoéro, che alla fine, visto che i nomi li aveva già fatti il Tiepolo e lui non aveva più niente da offrire e non poteva concordare niente, e che a qualcuno di importante il Doge la testa la doveva pur tagliare, fu l'unico pesce grosso a finire dal boia."

Le nuvole erano ancora nere, ma non si decideva a piovere, e il sole ormai spariva verso la lontana terraferma quando Menego si accovacciò con la schiena contro il palo, si tirò la coperta sulla testa e, dopo un po', riuscì ad appisolarsi.

Si svegliò di colpo spalancando gli occhi ma restando immobile, con le orecchie bene aperte, perché il suo sonno era come quello degli animali selvatici e una parte di lui era sempre all'erta. Aveva sentito qualcosa. O qualcuno. Forse un animale, ma in quelle isole deserte della laguna ci stavano solo uccelli, e quelli di solito dormono di notte, il pesce lo pescano di giorno, quando lo possono vedere. Muovendosi piano, abbassò la coperta e la mano impugnò il coltello. Da quello che poteva vedere, le nuvole se ne erano andate e la luna illuminava il casone, gli alberi, la riva dell'isola, però al tempo stesso si era alzata una strana nebbia, di colore azzurrino, leggera, di quelle nebbie che si vedono al mattino appena prima che sorga il sole e poi svaniscono, non di quelle pesanti, che arrivano e coprono tutto e non vedi più niente.

Lentamente, Menego si tolse del tutto di dosso la coperta e si alzò. Guardò meglio attorno a sé. Nulla, solo nebbia, eppure non era tranquillo. Ad un certo punto, si accorse che sulla sua destra, tra gli alberi e un canneto vicino al casone, la nebbia stava cambiando, diventava più densa, più scura, e a poco a poco assumeva la forma di un essere umano. Menego trattenne il fiato, lui al diavolo, agli spiriti e cose del genere non credeva, ma sapeva anche di non star sognando. Sempre muovendosi piano, senza distogliere lo sguardo da quella apparizione, si chinò a raccogliere un sasso che tirò contro la figura, ma il sasso la attraversò e si perse fra gli alberi mentre quella rimaneva perfettamente immobile. Prese allora un bastone dai resti del casone e tenendolo dritto davanti a sé con la mano sinistra e con il coltello pronto nell'altra, si avvicinò finché anche il bastone attraversò quella specie di forma umana.

Ormai però era giunto vicino alla figura e riuscì a distinguerla bene. Era proprio la sembianza di un uomo, e lui sapeva anche chi: si trattava di un pellegrino di lingua tedesca che percorreva la via Ongaresca diretto a Roma, che aveva incontrato appena fuori Padova tanto tempo prima e Menego, che a quell'epoca era ancora giovane ma aveva già le idee chiare, si era offerto di accompagnarlo per un pezzo di cammino ma poi, arrivati in un posto isolato, l'aveva aggredito per portargli via il denaro che di sicuro doveva tenere da qualche parte. Il tedesco aveva reagito e allora Menego gli aveva strappato il bastone da pellegrino e con quello l'aveva percosso, l'altro però non voleva cedere e allora Menego aveva continuato a colpire finché quello non si era più mosso. Il suo primo morto, di cui Menego non ricordava neanche il nome, tanto tempo era passato.

Il sicario rimase a lungo a fissare incantato quel volto fatto di nebbia, col cuore che gli batteva all'impazzata e, per la prima volta in vita sua, preda di un terrore che non gli faceva muovere un muscolo, perché Menego non aveva mai avuto paura della morte, quella la conosceva bene, così come la dava, non provava un timore particolare nel sapere che poteva anche lui riceverla, ma un'apparizione di quel genere era una cosa diversa, una cosa che non conosceva e che sembrava volergli dire che c'era qualcosa di peggiore della morte.

In preda a un panico incontrollabile, il sicario come impazzito si mise a colpire col bastone e col coltello quella forma fatta di nebbia e alla fine, così come prima si era addensata, la figura si dissolse e scomparve. Il sicario indietreggiò verso il casone, con l'intenzione di riprendersi la sacca col cibo, l'otre e la coperta e tornare alla barca, anche se non era ancora sorto il sole, per andarsene immediatamente dall'isola, ma, proprio all'entrata del casone, anche lì della nebbia si era condensata e aveva preso le sembianze di un essere umano. Sempre tenendo stretto il coltello e il bastone, Menego si avvicinò alla nuova apparizione: di questo sì, sapeva il nome, Bernardo di Treviso, un altro che aveva ammazzato molto tempo dopo il primo, quando ormai era al servizio del Badoéro, e che gli era stato ordinato di far fuori perché aveva tentato di imbrogliare il paròn e questo, per non perdere la faccia, aveva deciso di non denunciarlo e di farsi giustizia da sé, per mano del suo uomo. Questa volta Menego non perse tempo e si mise a colpire la nebbia davanti a sé finché anche questa figura non svanì.

Tremante per l'orrore che stava vivendo, raccolse in fretta le sue cose e si mise a correre verso la barca, ma tradito dal buio della notte cadde pesantemente a terra. Quando si rialzò, vide che tutto attorno a sé si erano formate altre figure nella nebbia, e, anche se alcuni volti non li riconosceva o di qualcuno non ricordava il nome, aveva la piena coscienza che quella era tutta gente che lui aveva fatto fuori, ognuno con la sua storia, per diversi motivi o in modi differenti, ma che là, in quell'isola dove il sole stentava ancora a comparire, erano tutti una stessa storia, la sua.

Girandosi per guardarle tutte, Menego si mise a gridare: «Chi siete? Cosa volete da me? Maledetti! Andate via!», e agitava forte il bastone per cacciarle. Le figure però questa volta non scomparivano e continuavano a restare là, ferme, come neanche si accorgessero della presenza dell'uomo, ed era questo silenzio, questa immobilità che accentuava, se possibile, ancora di più il panico e il terrore del sicario. Cadde in ginocchio e chinò la testa, versando lacrime, lui che non aveva più pianto dall'ultima volta che ancora bambino piccolo il padre lo aveva picchiato, e prese a farsi il segno della croce e a balbettare qualche preghiera che ricordava a malapena, lui che in chiesa l'ultima volta c'era andato prima che gli crescesse la barba e solo per sfilare le borse dei ricchi signori.

Rimase così a capo chino, tremante e piangente, per un bel po' e quando rialzò la testa le figure di nebbia erano svanite. Senza perdere tempo, raccolse le sue cose, bastone compreso, e dopo un ultimo segno della croce, corse verso la riva dove aveva lasciato legata la barca e una volta arrivato la sciolse dalla corda, la mise in acqua, salì a bordo in fretta e prese a remare furiosamente, per andarsene via, fuggire il più lontano possibile da quel luogo dannato, verso la terraferma amica: tra un po' il sole sarebbe sorto e avrebbe fatto svanire anche le ultime foschie che, come nuvole basse, coprivano la laguna. Dopo poco però si accorse che a poppa, sul sedile del passeggero, un'altra figura umana si era formata e lo fissava, ma questa la conosceva bene, questa era un'ombra amica.

«Paròn...» mormorò e l'apparizione sembrò fare di sì con la testa. Menego rimase senza parole, smise di remare.

«Paròn...» ripeté «Ti hanno tagliato la testa, paròn...»
Lo spettro annuì di nuovo e l'altro stava per chiedere cosa succedeva quando si sentì un colpo sordo, qualcosa che aveva sbattuto contro lo scafo. Il sicario guardò nell'acqua: si vedeva la schiena di un corpo umano, uno vero, non un'apparizione, il cadavere di Zaneto. L'ombra di quello che Menego aveva riconosciuto come il suo signore, il Badoéro, parlò e la sua voce era profonda ma carica di rimpianto e tristezza: «Giralo, Menego.»

L'uomo obbedì e con un paio di colpi di remo riuscì a girare il corpo galleggiante così che alla luce del primo, timido sole che a fatica si stava facendo strada fra la nebbia, in quel cadavere il sicario poté riconoscere non Zaneto, ma sé stesso, col volto sfigurato da una smorfia di terrore, gli occhi sbarrati e la lingua gonfia che usciva dalla bocca.

«Paròn...» disse ancora una volta rivolto allo spettro.

Questo sembrò sospirare: «Gira la barca, torniamo all'isola. E non chiamarmi più paròn, Menego: dove stiamo andando non ci sono padroni, e neanche servi.»

## La signora Luisa

Me ne sto comodamente seduta sulla mia sedia a dondolo, col mio lavoro a maglia e guardando alla tv una puntata del mio giallo preferito, quando sento suonare alla porta. Guardo l'orologio sopra la credenza: sono quasi le sei di sera. Non aspettavo nessuno e con un sospiro, perché questa puntata mi piaceva, e avrei voluto vedere come andava a finire, l'ispettore Jacobs e la signora Mortimer stavano giusto per rivelare chi è che aveva ucciso il giardiniere di casa Winslow, mi tolgo la coperta da sopra le ginocchia, poso il lavoro a maglia e mi alzo, un po' fatica, a dire la verità, perché anche se non mi sento una vecchietta non è che sia nemmeno più una giovinetta.

Prima di aprire, mi fermo davanti allo specchio nel corridoio, per vedere se sono presentabile e mi do una piccola rassettata, tirando ben giù la gonna e sistemando un po' i capelli che quando si posano sulla testata della sedia perdono forma, ma il campanello suona di nuovo, a lungo, con insistenza. Io non me la prendo, lo so che sono tutti impazienti, avranno i loro buoni motivi. Mi affretto verso la porta e prima di aprire, più per abitudine che per altro, chiedo: «Chi è?» e mi sento rispondere: «Sono io, signora, sono Marta, la moglie del fornaio.»

«Ah, Marta, benvenuta!» la saluto aprendo la porta e non posso fare a meno di accorgermi che è in uno stato di agitazione, muove nervosamente le mani e respira in fretta.

«Oh, signora Luisa, grazie! Mi scusi se sono arrivata senza avvisarla prima, ma... Non è che potrei...»

Io mi faccio da parte per farla passare e le sorrido chinando un po' la testa in segno di assenso: «Ma certo, cara, si accomodi pure. La strada la conosce, vero?»

Per tutta risposta lei sorride in modo un po' tirato, fa di sì con la testa e mi ringrazia prima di scendere quasi di corsa giù per le scale che portano in cantina. Sento ancora i suoi passi sul legno dei gradini mentre chiudo la porta e me ne torno in soggiorno. Mi accorgo che alla TV il giallo è finito e che la gattina, Macchietta, ha preso il mio posto sulla sedia: le piace sedersi sul cuscino ben caldo. Mentre mi avvicino alla micia, per vedere di prenderla in braccio e spostarla con delicatezza, perché non mi piace mandarla via dai suoi posti, sento il primo urlo.

Lo sente anche Macchietta che salta giù e corre a nascondersi chissà dove. Non si è ancora abituata agli urli, la mia gatta, e ormai penso che non si abituerà mai, anche se in realtà, da quando i miei figli per Natale mi hanno regalato una bella insonorizzazione della cantina, gli urli adesso arrivano più ovattati, sono meno fastidiosi rispetto a una volta, quando si udivano anche da fuori, anzi le prime volte arrivavano i vigili o i vicini a vedere cosa stava succedendo.

Un altro urlo. Se ben ricordo, ma posso confondermi, Marta è una di quelle che urla ad intervalli: un urlo, qualche minuto di pausa, un altro urlo e così via. Immagino quindi che ci metterà un bel po' e nel frattempo vado in cucina a preparare il tè. L'acqua sta bollendo quando sento la porta della cantina aprirsi e allora chiudo il gas ed esco dalla cucina per andare incontro a Marta e la trovo in corridoio come se mi aspettasse.

«Allora, cara, come è andata?» le chiedo.

Marta adesso è un po' scarmigliata, con gli occhi rossi, forse ha anche pianto, ma è più luminosa, più sorridente e con un'aria molto, molto migliore di quando era arrivata.

«Oh, signora Luisa, grazie! Lei non può immaginare quanto questa cosa sia preziosa per me! Come potrò mai ringraziarla? «

«Ma figuriamoci, cara, per me è un piacere. Vuole fermarsi e prendere un tè con me?»

Marta sembra contrita: «No, signora, no... lei sa che io amo il suo tè, e anche i suoi biscotti, naturalmente, ma devo andare a preparare la cena per mio marito e per i ragazzi. Magari un'altra volta.»

«Non c'è nessun problema, cara, lei è sempre la benvenuta. Solo, magari, la prossima volta mi telefoni prima. Non per me, intendiamoci, io sono sempre qui, non è che abbia molto da fare, è giusto per essere sicuri che la cantina non sia già occupata.»

«Oh, lo so, lo so! Mi deve scusare, signora Luisa, ma ne avevo proprio bisogno! si figuri che mio marito è andato a parlare con i professori di Martina, la più grande, e questi gli hanno detto...»

Scuoto la testa e la blocco subito: «Le domando perdono se la interrompo, Marta, ma non c'è bisogno che lei mi dica niente, lo sa che io preferisco evitare di conoscere i fatti degli altri...»

«Oh, certo, certo, mi era venuto così... Mi scusi signora Luisa.»

«Di niente, cara, di niente. Per il tè, faremo un'altra volta.» concludo aprendole la porta di casa con un ultimo sorriso.

Sull'uscio, lei si avvicina a me, mi stringe una mano nelle sue e mi schiocca un bacio sulla guancia. Questo non me l'aspettavo davvero.

«Lei è un tesoro, signora Luisa! Lei non sa quanto bene mi fa venire da lei e poter urlare in santa pace! Grazie, grazie, grazie!»

Scuoto la testa, imbarazzata, e dopo un ultimo saluto me ne torno in soggiorno. La micia è venuta fuori dal suo nascondiglio e si struscia sulla mia gamba. Io mi siedo sulla sedia a dondolo e lei mi salta in grembo e io prendo ad accarezzarla. È contenta, Macchietta, e mi ricorda Marta, e tutti gli altri che vengono da me a urlare, che arrivano nervosi, magari anche arrabbiati, e se ne vanno via calmi, tranquilli, proprio come la mia gatta che adesso ha incominciato a fare le fusa.

## La brutta notizia

*Si accendono le luci. Sul palcoscenico un unico riflettore illumina dall'alto un uomo seduto su una sedia. L'uomo ha l'aria pensierosa, la schiena curva, i gomiti appoggiati sulle ginocchia e lo sguardo rivolto in basso. Sta così per un po', poi si raddrizza, alza la testa verso il pubblico e fa un profondo respiro.*

Il medico... il professor Guiscardi, intendo, se ne stava seduto alla sua scrivania, e studiava le carte dei miei esami mentre io me ne stavo inchiodato su una poltrona davanti a lui.

Mi sentivo preoccupato, veramente preoccupato, perché l'espressione del medico era seria, ogni tanto si fermava un po' più a lungo su uno dei fogli e scuoteva la testa e non mi guardava mai. Sembrava proprio che non volesse guardarmi, che volesse evitare il mio sguardo, pareva che non avesse nessuna voglia né di parlarmi nè di stare là, era come imbarazzato, ogni tanto si mordeva le labbra e continuava a scuotere la testa.

A un certo momento, prese la chiavetta USB e la inserì nel suo computer, e nel fare questo i nostri sguardi si incontrarono, e la sua faccia era seria, molto seria. Sul monitor comparvero le mie lastre, cioè le lastre che mi avevano fatto in ambulatorio, e io sapevo che quelle lastre per me volevano dire vita o morte. Avevo avuto i primi sintomi solo qualche mese prima, e mi ero rivolto al Guiscardi perché tutti mi avevano detto che era il migliore, che anche gli altri medici si rivolgevano a lui quando... Beh, quando si trattava di vita o di morte, appunto. Il professore si mise a scorrere le immagini fermandosi ogni tanto, per controllare le carte degli esami sempre evitando di guardarmi negli occhi.

Io, da parte mia, non potevo fare altro che stare là seduto, un condannato in attesa della sentenza. Mi sentivo come se fossi diventato un oggetto, una cosa, come se il mio respiro, il cuore, il sangue, tutto all'interno e all'esterno di me fosse diventato di pietra, e come se io non fossi quella cosa là: la mia mente si rifiutava di riconoscere il mio corpo, cercava di scappare da un'altra parte, dovunque, pur di non rimanere là, dentro quel corpo che sentiva ormai destinato a morire. In certi momenti, mentre stavo così immobile, angosciato, quasi trattenendo il fiato, mi sembrava proprio che la mia coscienza se ne fosse andata via, e io assieme con lei, come se quello che stava succedendo non mi riguardasse, e il mio corpo fosse diventato un… un qualcosa di diverso, di altro, un qualcosa di estraneo a me stesso.

Stavo male, ma era un male cupo, sordo, non un dolore acuto, piuttosto un peso che mi bloccava il respiro e che non mi permetteva di muovere nemmeno un muscolo: le uniche cose di cui avevo percezione erano un rivolo di sudore lungo la schiena e il mio labbro inferiore che aveva incominciato a tremare. Il professore spense il computer e per un attimo rimase a fissare lo schermo nero. Poi si girò verso di me e finalmente mi guardò dritto negli occhi. Prese un profondo respiro e alla fine disse in tono piatto: “Mi dispiace di doverle dare una brutta notizia”.

Ecco. Il cuore mi si fermò. Lo sapevo. L'avevo sempre saputo. Fino a quel momento, in fondo alla mia anima, alla mia coscienza, c'era una voce che mi diceva “Vedrai che le cose si sistemano, non c'è niente che non si possa aggiustare, vedrai che te la cavi anche stavolta...”, ma ora quella voce si era spenta del tutto e aveva lasciato il posto a un silenzio vuoto e freddo. A malapena capivo le parole del professore che stava continuando a dire cose del tipo “... Ormai non si può più intervenire, cosa vuole che le dica, la medicina ha i suoi limiti, alle volte purtroppo bisogna rassegnarsi...” e lo diceva parlando lentamente, con una espressione che non era più seria e neanche preoccupata, era solo triste.

Non so come, non so da che parte di me venne fuori la domanda “Quanto mi resta, dottore?” con un tono che voleva mostrare coraggio ma che venne tradito da una specie di singhiozzo. Lui ci pensò un po' sopra e dopo un po’ mi rispose che mi restavano tre, quattro mesi, forse anche sei, ma lo disse scrollando le spalle come se non fosse una cosa importante. Io invece non posso dire che mi sentii morire, no, io ero già morto in quel momento, e restavo inebetito a guardare davanti a me senza in realtà vedere niente, mentre nel mio cervello c'era un'esplosione di immagini e pensieri senza alcun senso e, cosa che mi faceva orrore più di tutto, non c'era più nemmeno la sensazione del dolore.

Mi riportò al presente la voce del medico che mi chiedeva “Lei ha famiglia?”. Riuscii solo a scrollare la testa. E no, che non ce l'avevo una famiglia! Ero giovane, avevo tutta la vita davanti a me, avevo ancora tempo prima di sposarmi, di mettere su casa, di fare figli... E a quel pensiero arrivarono le lacrime che fino a quel momento erano rimaste bloccate, accompagnate da singhiozzi e tremiti che non riuscivo a controllare e che nemmeno mi importava di controllare.

Rialzando gli occhi, mi colpì il fatto che il professor Guiscardi aveva ora cambiato espressione. Non riuscivo a capire: adesso aveva lo sguardo divertito e un sorrisetto furbo, e quando si accorse che lo fissavo, addirittura mi strizzò un occhio! Sorpreso, fermai il mio pianto e lo seguii con gli occhi mentre si alzava, faceva il giro della scrivania e arrivato di fianco a me mi dava una pacca sulle spalle dicendomi "Su, su, coraggio! Lei non morirà, lei è sano come un pesce!"

Rimasi ammutolito con la bocca spalancata e gli occhi fuori dalle orbite, ed evidentemente la mia faccia doveva divertirlo perché scoppiò a ridere e mi diede un'altra pacca sulle spalle e continuò a dire che non dovevo prendermela, che era tutto uno scherzo, che a lui piaceva scherzare con i suoi pazienti, e mentre mi diceva così continuava a ridere e mi misi a ridere anch'io e mi alzai e diedi anche io a lui una pacca sulle spalle, e lui me la restituì, e ci mettemmo a darci pacche sulle spalle senza smettere di ridere, come due amici che si ritrovano dopo tanto tempo!

Poi, a un certo punto io, sempre mentre continuavamo tutti e due a ridere come matti, impugnai il tagliacarte che il professore teneva sulla scrivania e presi a far finta di minacciarlo, e lui prese a ridere ancora di più, ed è stato così che è scivolato e si è piantato il tagliacarte dritto nell'occhio...

Glielo giuro, commissario, è andata proprio così...

## Etichette

Come ogni mattina, Ermanno Pegorin spalancò le ante del grande armadio e si mise a scorrere le centinaia di piccole scansie dove erano conservate le etichette, una per scansia. Incominciò a leggere i titoli delle varie etichette: “Pinot Nero Alto Adige”, “Greco di Tufo”, “Montefalco Sagrantino”, “Recioto della Valpolicella”, “Medoc St -Julien”, “Cinqueterre Sciacchetrà”, “Salice Salentino”, “Cartizze di Valdobbiadene”, ...

Era dubbioso. Per lui prendere una decisione era essenziale, non sceglieva mai a caso. Prese una etichetta e la studiò: “Aglianico del Vulture — Vino rosso dalla struttura importante, elegante e al tempo stesso corposo e tannico. Colore rosso rubino. Il profumo e il gusto sono intensi e fruttati (amarena, ciliegia, frutti rossi), tendenti allo speziato (pepe). È un vino che si accompagna alla carne, bianca ma soprattutto rossa: perfetto per carni al forno e alla griglia e con la selvaggina”.

Interessante, ma... No, non era il caso. Il giorno prima aveva scelto un francese, un “Pommard Cote de Beaune”, dalle caratteristiche piuttosto simili, soprattutto per quanto riguardava il tannino, le note di ciliegia e la corposità. No... anche gli abbinamenti potevano essere gli stessi.

Prese un'altra etichetta: “Val di Neto bianco”. Uhm. Intrigante. “Colore giallo paglierino vivace con riflessi dorati alla vista. All'olfatto delicati richiami alla salvia e ai fiori di campo, poi seguiti da note di agrumi e da sentori di mela verde. Fresco al palato, equilibrato e arricchito da una nota leggermente sapida e minerale. Buona la persistenza e piacevolmente ammandorlato il retrogusto. Ideale per tutte le portate di cucina di mare, eccezionale in accompagnamento alla coda di rospo in crosta di patate”.

L’uomo soppesò il da farsi. Era un'etichetta piuttosto interessante, niente da dire, ma non me era convinto del tutto. Prese una terza etichetta, lesse: “Riesling Alsace Grand Cru” e la posò subito, quasi intimorito, senza neanche sbirciarne le caratteristiche: sapeva che si trattava di un'etichetta importante, impegnativa, da non prendere sottogamba, e lui quel giorno preferiva qualcosa di più leggero. Fosse stato un Riesling di Colle Isarco, magari anche della Mosella, ancora

ancora, ma un Grand Cru alsaziano meritava un'occasione e un rispetto particolari.

Ermanno Pegorin guardò fuori dalla finestra: il sole era ormai alto, bisognava muoversi. E allora si decise, prese nuovamente l'etichetta del "Val di Neto bianco", la indossò, si guardò allo specchio ed uscì alla luce del giorno.

Una volta fuori casa, prese un profondo respiro e chiuse gli occhi. Mmm... sì... ecco la salvia, i fiori di campo e poi a poco a poco le note agrumate e i sentori di mela verde... Gradevole, decisamente gradevole. Si avviò per la sua strada con un sorriso soddisfatto: si sentiva già sapido e minerale.

Camminando, incrociò diverse donne e con qualcuna si scambiò uno sguardo d'intesa, quasi complice, ma anche se fra queste erano più di una le portate di cucina di mare, lui tirava dritto, quel giorno Ermanno era deciso ad incontrare una donna coda di rospo in crosta di patate.

## Federico

Mario T. si chinò per raccogliere i cocci del piatto che aveva appena rotto. Si rialzò e li tenne per un po' fra le mani, fissandoli con tristezza: era un bel piatto, con un bel disegno di fiori rossi e blu, in stile inglese, e gli dispiaceva proprio averlo rotto. Non che fosse granché, questo no, non era né raro né prezioso, però lui ci era affezionato, faceva parte del servizio che una delle sue zie aveva regalato a lui e Sandra per le loro nozze. A quel ricordo si incupì. Sandra. Chissà che fine aveva fatto, con chi stava, che cosa stava facendo adesso. Erano stati anni belli quelli passati assieme, ma tutto era cambiato con la nascita di Federico.

Federico era un bambino particolare, sano e uguale a tutti gli altri bambini, se non fosse stato per il fatto che quando ti fissava sembrava avesse solo odio dentro, uno sguardo nero che ti arrivava in fondo all'anima e che non riuscivi ad evitare, uno sguardo che faceva male e che sentivi anche quando eri girato e lui ti guardava da dietro. Quello era stato il motivo per cui Sandra aveva deciso di andarsene e una sera tornato a casa Mario aveva trovato un biglietto con poche righe scritte sopra, un grosso buco nel conto in banca e un armadio mezzo vuoto. Lui non aveva denunciato la scomparsa, amava sua moglie, capiva la sofferenza, l'angoscia e la paura che lei doveva avere provato e se aveva deciso così, beh, doveva riconoscere che aveva i suoi buoni motivi ed era meglio che se ne andasse piuttosto che rimanesse a condurre una vita infelice.

Anche lui, gli capitava di pensare spesso, avrebbe forse fatto meglio ad abbandonare il figlio, se avesse potuto. Invece era rimasto e si era preso cura del bambino, e non era una cosa facile: non aveva problemi di denaro e poteva permettersi di pagare tutte le tate che voleva, ma queste dopo qualche settimana al massimo se ne andavano, dicevano che non si trovavano bene col piccolo, che era diverso, non rideva mai, le guardava male e loro sentivano che lui le odiava. Così aveva dovuto occuparsi di tutto praticamente da solo e anche se ringraziava il cielo che la maggior parte del suo lavoro poteva svolgerlo da casa, al computer, non gli era rimasto più tempo per nulla, l'unica cosa che poteva fare era rimanere a casa, a badare a quel figlio che lo intimoriva, lo spaventava, che si comportava come se lui neanche esistesse e che quando lo guardava metteva i brividi.

Era da tanto ormai che la situazione non migliorava, Federico adesso andava per i quattro anni, e Mario non riusciva a vedere, capire, neanche a immaginarsi come potevano cambiare le cose. Certo l'avrebbe mandato in qualche asilo, o forse addirittura in un istituto per ragazzi particolari, ma cosa sarebbe successo poi, crescendo? Che futuro poteva esserci per suo figlio, e per se stesso?

Buttò i cocci del piatto nella spazzatura e si spostò verso il soggiorno. Senza entrare, appoggiato allo stipite della porta, guardò suo figlio. Federico se ne stava lì, seduto per terra, sul tappeto, in mezzo ai suoi fogli e alle sue matite e ai suoi pennarelli, a disegnare. Disegnare era l'unica cosa che faceva, oltre a guardare fuori dalla finestra o stare davanti alla televisione, qualsiasi cosa trasmettessero. Niente giochi, niente passatempi, niente musica, niente se non osservare e disegnare.

Ecco, il disegno era una cosa che un po' consolava Mario. Federico era proprio bravo, disegnava le varie cose che vedeva con una precisione e una bravura straordinarie, e i risultati erano opere di una perfezione tale che chiunque avrebbe detto fossero state create da qualche artista famoso. La sua era un'abilità innata e splendida, certamente un dono. Ma poteva quell'unico dono a compensare tutto il resto?

Si avvicinò al figlio senza che questo neanche si accorgesse della sua presenza. Si inginocchiò accanto a lui e prese a scorrere i fogli dei disegni. C'era un po' di tutto, erano tutti belli e perfetti, e tutti fatti a matita o con il solo pennarello nero: Federico non disegnava quasi mai a colori, anche se aveva tutti i colori possibili a disposizione, lui usava solo bianco e nero, come se avesse una visione limitata delle cose. Era come per i sogni, gli aveva spiegato uno dei tanti psicologi che aveva consultato: non tutti sognano a colori, molti sognano in bianco e nero, ma non è che sia un difetto o un'anomalia, è una cosa naturale, e probabilmente era così anche per il modo di disegnare di Federico.

Mentre sfogliava le carte sparse sul tappeto ammirando l'opera del figlio, intravide sotto ad altri fogli un qualcosa di colorato. Lo tirò fuori e lo guardò. Si trattava del piatto che aveva appena rotto, riprodotto in tutti i suoi particolari, con il bordo ondulato contornato da una striscia rosso scuro e sulla superficie la combinazione di fiori che ben ricordava, una riproduzione di una precisione sconcertante e quasi luminosa da quanto il rosso e il blu risaltavano sul bianco.

Mario sentì un brivido scorrergli lungo la schiena. Gli era venuto alla mente un altro dei pochi disegni a colori che Federico aveva fatto, quello di un canarino che lui e Sandra tenevano in una gabbietta e che anche dopo la partenza della moglie col suo canto aveva continuato a portare un po' di allegria in quella casa altrimenti triste e cupa. Mario aveva conservato quel disegno, l'aveva appeso con una puntina alla porta dello studio e spesso si fermava a guardarlo, un po' perché era orgoglioso di quell'opera, una tra le più belle fatte dal figlio, un po' perché anche quel canarino gli ricordava giorni felici. Il disegno era eccellente, con tutte le sfumature e le luci e le ombre, perfetto in tutte le parti, pareva quasi una foto da quanto era realistico. E il canarino poco dopo era morto, l'aveva trovato stecchito nella sua gabbietta e aveva dovuto seppellirlo nel piccolo giardino dietro casa.

Tenendo in mano il foglio con il disegno del piatto, Mario si avvicinò allo scaffale dove conservava i disegni fatti del figlio e incominciò a sfogliarli nervosamente, cercando quelli a colori. Eccone uno: il mirabolano, l'albero che si vedeva dalla finestra del soggiorno, riprodotto alla perfezione, con una maestria incredibile, si potevanio distinguere perfino le venature delle foglie. E anche questo era stato poi tagliato dagli operai del comune perché individuato come pianta malata e adesso al suo posto restava solo un piccolo ceppo secco.

A Mario venne un conato di vomito ma continuò a cercare. Eccone un altro: raffigurava le piante come si vedevano sulla terrazza del vicino di fronte, un disegno bellissimo, coloratissimo. E le piante qualche settimana prima erano state portate via dalla grandine e la terrazza era rimasta spoglia. Un altro disegno ancora: il gatto randagio di pelo bianco con chiazze marrone, che lui chiamava Macchietta e che se ne stava sempre al sole in mezzo alla strada e che proprio sulla strada era stato travolto da una macchina guidata da qualche disgraziato.

Mario non ce la fece più, corse in bagno a vomitare e solo dopo gli ultimi conati tornò in soggiorno, afferrò brutalmente il bambino per la mano e lo portò nella sua cameretta, dove non c'era niente con cui potesse disegnare. Poi tornò in soggiorno e prese a raccogliere tutti i fogli, tutte le matite e i pennarelli, deciso a portarli via e bruciarli, quando l'occhio gli cadde su un ultimo disegno a colori, che non aveva mai visto prima. Si sentì male, la testa incominciò a girare, il sangue a pulsare alle tempie: era proprio lui, con il suo sguardo triste e gli occhiali messi di sghimbescio, con addosso la giacca da camera a quadrati scozzesi che indossava anche in quel momento.

Senti dietro di sé una specie di ringhio e si voltò. Federico stava là, a fissarlo con il suo sguardo nero d'inferno e quando si accorse di quello che stava facendo il padre, con un urlo rabbioso gli saltò addosso e prese a graffiarlo e morderlo come una scimmia impazzita. Mario cercò di difendersi ma indietreggiando scivolò sul tappeto e cadde all'indietro e sbattè la testa sul bordo in ferro del tavolino di vetro con violenza, tanto da romperlo prima di cadere a terra e restare lì immobile.

Federico guardò senza alcuna emozione il corpo del padre morto con il sangue che usciva dalla ferita alla testa. Curioso, si avvicinò e mise un dito in quel liquido rosso: non aveva mai visto un colore così acceso. Lo guardò per bene e poi si portò il dito alla bocca e sentì immediatamente una scarica di energia, di piacere. Era buono. Forse per la prima volta da quando era nato, Federico sorrise: disegnare era bello ma questo era meglio, molto meglio.

## Gli occhi di Ermanno Pegorin

Era da un bel po' che Ermanno Pegorin si era accorto che i suoi occhi si muovevano indipendentemente dalla sua volontà. Alle volte quello di destra andava a trovare quello di sinistra, e viceversa, oppure se ne andavano, uno alla volta oppure tutti e due assieme e non si vedevano più, e magari spuntavano da un orecchio, dalla bocca e anche da..., beh, lasciamo perdere.

A Ermanno questo non dispiaceva, perché lui non aveva cose impegnative da fare e gli piaceva riposare al buio, così aspettava paziente che tornassero al loro posto, a riprendere il loro lavoro.

La faccenda andò avanti per qualche mese, poi però Ermanno notò che i suoi occhi diventavano sempre più, per così dire, nervosi, se ne andavano e tornavano di continuo, senza pausa, e anche quando stavano al loro posto, si capiva che c'era qualcosa che non andava: si mettevano a ticchettare, a dondolare su e giù, a spostarsi da sinistra a destra avanti e indietro a scatti. E quando stavano nella stessa orbita, prendevano a urtarsi l'uno contro l'altro, a sbattersi addosso come per litigare e se fosse venuto qualcuno a guardarli, gli avrebbero girato le spalle, di modo che si vedesse solo una palla bianca, che peraltro fremeva, tremava, non stava mai ferma.

Ermanno capiva che i suoi occhi non erano contenti e si rivolse allora al dottor Veniero, uno dei più famosi specialisti nel campo degli occhi mobili, e costui, dopo accurati esami,disse che no, i suoi occhi non erano malati, anzi erano più sani di tanti altri occhi, però erano anche occhi curiosi, molto curiosi e soffrivano nel vedere sempre le stesse cose.

Il medico allora propose a Ermanno Pegorin di fare un viaggio, di andare a conoscere paesaggi e luoghi nuovi, magari esotici, di quelli dove si possono anche scoprire animali, piante, anche persone mai viste prima, di tanti colori e tante forme. Però Pegorin non era d'accordo, lui non aveva nessuna voglia di lasciare la propria camera dove stava tanto bene, se fosse stato per lui non sarebbe mai neanche uscito di casa, figuriamoci girare per il mondo!

Però la cosa in qualche modo doveva essere risolta, perché va bene che gli occhi non erano malati, però non erano neanche a posto del tutto, e questo faceva stare male Pegorin e allora, assieme al medico, studiarono una soluzione: gli occhi potevano andarsene via da soli, bastava trovare qualcuno a cui piacesse viaggiare, che li portasse con sé, ovviamente a pagamento, così che dopo, al rientro, se ne stessero tranquilli per un po'. Quanto a Pegorin, finché fosse durato il viaggio dei suoi occhi, sarebbe rimasto fermo a casa, con un paio di occhiali scuri, e avrebbe ingaggiato qualche persona che, sempre a pagamento, gli facesse la spesa e che, in caso, gli raccontasse che tempo faceva fuori, come girava vestita la gente, cose del genere. E a Pegorin questo andava più che bene, sarebbe rimasto nella sua confortevole camera, non avrebbe potuto guardare la televisione, e pazienza, però poteva ascoltare la radio e tutta la musica che voleva, non avrebbe potuto neanche leggere, ma con dei buoni audiolibri non avrebbe dovuto rinunciare al piacere che gli procuravano i romanzi, i racconti e le letture in genere.

E così, gli occhi partirono per terre lontane, e stettero via per quasi tre mesi, e quando tornarono Ermanno fu felice nel sentirli contenti, sereni, appagati nel loro desiderio di vedere e conoscere cose nuove. Non si spostavano quasi più dal loro posto, e quando Ermanno si rifletteva nello specchio, si vedeva che stavano bene ed erano proprio felici, e anche Ermanno, allora, era felice.

E poi, quando Ermanno si avvicinava quasi del tutto allo specchio con la testa, fissava prima l'uno e poi l'altro occhio e nella nera pupilla poteva vedere quello che gli occhi avevano visto: luoghi esotici, piante, animali e persone che lui non aveva neanche immaginato potessero esistere, e così gli sembrava di essere andato anche lui in giro per il mondo.

## I fantasmi sognano

I fantasmi quando sognano, sognano di essere vivi e di fare le cose che facevano da vivi.

C'è chi va al lavoro a vedere come procedono le cose e dopo aver gironzolato un po' per gli uffici e dopo aver spiato alle spalle dei colleghi per vedere cosa fanno al pc, magari scende al pianterreno e si ferma alla macchinetta del caffè per sentire le chiacchiere e i pettegolezzi sul capoufficio o sul direttore; c'è chi va in piazza e gira fra le bancarelle e fa i conti di quanto sono aumentati di prezzo i carciofi; chi va a zonzo per cantieri e, come fanno i vecchi pensionati, si mette a guardare gli altri che lavorano e, proprio come fanno i pensionati, dà consigli su come montare quell'impalcatura o come girarsi con il carrello o come tenere il trapano, ma, come succede ai pensionati, nessuno ascolta questi consigli, anche se nel caso dei fantasmi è più comprensibile perchè i vivi naturalmente non li sentono proprio. I pensionati sono una specie particolare di fantasmi.

Tutti i fantasmi, quando sognano, vanno a vedere come procedono le faccende di famiglia, ma con un certo distacco, e se scoprono che la moglie o il marito li tradiva, che i figli sono su una brutta strada, che tutti parlano male di lui (o di lei), beh, non se ne interessano più di tanto, scrollano le spalle, spalle da fantasma si intende, e quasi non ci badano neanche, ormai è come se si trattasse di cose di altre persone. I fantasmi quando sognano possono anche vedere altri fantasmi che, sognando come loro, frequentano gli stessi posti, ma non possono comunicare con questi, o forse neppure ci interessa, perché i fantasmi quando sognano sono più indifferenti, ognuno bada solo ai fatti propri, i sentimenti dei fantasmi che sognano sono leggeri leggeri, ancor più impalpabili di loro.

Fanno eccezione, ma di poco, i fantasmi innamorati che sognano. Ne conosco uno che, ogni mattina, prima che sorga il sole, va a casa della donna amata e per prima cosa si reca in cucina a far finta di prepararle il caffè come faceva una volta. Dopo aver fatto finta di aver preparato il vassoio e versato il caffè nella tazzina sul vassoio , si reca in camera da letto e per un po' si ferma a guardare la donna amata e ne accarezza il corpo sotto le lenzuola, leggermente e con delicatezza, per non svegliarla anche se, in questo caso, leggerezza e delicatezza non sono necessarie. Poi posa le sue labbra, labbra di fantasma si intende, sul suo viso per svegliarla.

Naturalmente lei non sente niente ma lui è contento lo stesso, soprattutto se la vede sorridere nel sonno. Intanto, sono arrivati i gatti di casa che gli vanno vicino ( i gatti vedono i fantasmi che sognano) e saltano sul letto per svegliare loro la donna amata, oppure lo guardano e strizzano piano gli occhi per fargli capire che l'hanno visto e che gli sono amici.

Cosa fanno i fantasmi quando non sognano, nessuno lo sa.

## Il tassista

Vita di merda, lavoro di merda. In fin dei conti, si parla si parla, ma, a pensarci bene, io non sono niente altro che un tassista. Io prendo su gente, la porto da un'altra parte, la faccio scendere e poi prendo su altra gente, la porto da un'altra parte, la faccio scendere e avanti così. Niente di più, niente di meno, io non faccio altro.

E poi uno dice, ma dai, hai sempre a che fare con persone diverse, è un lavoro interessante... Stronzate. Anche se cambiano le facce, la storia è sempre quella. E poi non me ne frega niente di loro, di chi sono, da dove vengono e cosa vanno a fare dove li porto. Per me sono tutti uguali. Ogni tanto qualcuno mi racconta la sua storia, alle volte è da piangere, alle volte è da ridere ma, a me, non me ne frega niente. Io faccio il mio mestiere: io li prendo su, li porto da un'altra parte, li faccio scendere e fine del discorso. Non sto neanche là a far finta che importi qualcosa, di loro e delle loro faccende, figurati se dovessero interessarmi tutte le loro storie.

Però le orecchie non posso chiuderle, e allora mi tocca ascoltarli, e così, ogni tanto, provo qualcosa di simile all'invidia perché in fin dei conti loro di cose ne hanno fatte. Cose interessanti, cose banali, cose grandi, cose da niente, comunque hanno fatto delle cose. Io non faccio mai niente, io tiro su gente, la porto da un'altra parte, la faccio scendere e poi ricomincio. Vita di merda, lavoro di merda. E poi, poi loro almeno da qualche parte vanno. Io no. Io sono sempre qua. Qua a tirare su gente, a portarla da un'altra parte, a farla scendere, niente di più. Che lavoro del cazzo, sempre uguale, non cambia mai, giorno dopo giorno, notte dopo notte, non posso fare niente di diverso e non posso neanche mai fermarmi, io non ho pause, non ho ferie, non posso neanche andare in pensione. Io sono la Morte

## La taccola di Kafran

Kafran era un vagabondo. Girava per paesi, boschi, campagne senza mai fermarsi e trovando sempre qualcosa con cui sfamarsi durante il suo peregrinare.

Un giorno, salendo per un monte, vide che davanti a sé si ergeva una muraglia di colore rosso, costruita con grandi rocce quadrate, tanto alta che pareva arrivare al cielo. In quel momento, una taccola gli si posò sulla spalla e si fermò lì.

Kafran girò la testa per guardare la taccola e la taccola girò la testa per guardare Kafran. Il vagabondo capì che quello era un segno che qualche spirito gli aveva mandato e decise di andare verso la Muraglia. Quando ci arrivò davanti, si accorse che c'era una porta, una grande porta massiccia, di legno e di ferro, e davanti alla porta stava fermo e immobile un feroce Guardiano armato. Ebbe paura, ma la taccola gli beccò piano un orecchio per farlo andare avanti. Quando arrivò di fronte al Guardiano, gli chiese se poteva farlo passare.

«No, » gli rispose il guardiano «questa porta deve stare chiusa. Però, ci sono altre porte lungo il muro e quelle non so se sono aperte.» Kafran annuì, e si avviò costeggiando la muraglia per arrivare all'altra porta. Fu un percorso lungo e alla fine Kafran dovette fermarsi per dormire.

Quando fu mattina, la taccola picchiettò leggermente la testa del vagabondo per svegliarlo e questo, alzatosi, riprese il cammino e poco dopo arrivò ad un'altra porta, anche questa massiccia e anche questa con davanti un Guardiano uguale al primo che aveva incontrato. Kafran chiese nuovamente se poteva passare, ma ottenne la stessa risposta del suo predecessore: quella porta era chiusa, ma c'erano altre porte, e non sapeva se quelle erano aperte.

Allora Kafran riprese la sua marcia, venne ancora notte e ancora si fermò a dormire. All'alba, venne svegliato dalla taccola e ricominciò il suo cammino fino ad arrivare ad una terza porta, sorvegliata da un Guardiano uguale agli altri due. Anche a questo chiese di entrare, ma ricevette la stessa risposta e le stesse indicazioni degli altri.

Come aveva fatto in precedenza, Kafran si incamminò nuovamente, e venne notte, si fermò per dormire e la mattina dopo raggiunse una quarta porta, con un quarto Guardiano, e la storia in questo modo si ripetè per giorni e giorni, lune e lune, sotto il maglio del sole d'estate e sotto la gelida neve dell'inverno.

Una mattina però, quando Kafran arrivò davanti al Guardiano e gli chiese se poteva farlo entrare, ricevendone la solita risposta, il vagabondo rimase fermo senza badare alla taccola che gli beccava il collo per invitarlo a muoversi. Kafran aveva capito: «Tu sei lo stesso Guardiano che ho incontrato il primo giorno. Vuol dire che la Muraglia è lunga ma c'è una porta sola, e io sto girando in cerchio da più di un anno, e mi trovo sempre davanti a te.»

«No, ti sbagli.» rispose il guardiano «La muraglia è lunga, lunga, lunga e ci sono tante, tante, tante porte. Sono io che mentre tu dormi mi sposto fino alla prossima porta e ti aspetto là, perché io cammino in fretta, molto più in fretta di te, e non dormo mai.»

«Beh, sai cosa ti dico, Guardiano? Che io mi sono stancato e adesso me ne torno a girare per conto mio per paesi, boschi, campagne come facevo una volta.»

«Fai bene. Tu sei arrivato per conto tuo, per conto tuo puoi anche andartene. Io invece devo stare qua. E chissà quando arriverà qualcun altro.»

Kafran annuì, guardò un'ultima volta il Guardiano, poi girò le spalle e si avviò per scendere a valle. La taccola, sbattendo le ali, lasciò la spalla del vagabondo e andò a posarsi su quella del Guardiano, il vero prigioniero senza prigione.

## Sul lago con la zia (intermezzo gardesano)

Seguo con le dita le crostine rosse sui miei polsi. Lo psicologo si era raccomandato: "Marta, deve tenere le bende e non guardare le ferite finché non si sono cicatrizzate del tutto. Se non vuole far vedere le medicazioni, si metta camicie con maniche lunghe, ma non se le tolga.", ma io non ci ho badato. Io voglio vedere. Le due crostine sono lunghe quattro, cinque centimetri, sono ancora di un bel rosso scuro e di traverso si vedono anche i segni dei punti che mi hanno dato in ospedale. Resto a fissare le crostine come se fossero vecchie amiche, forse con le unghie potrei aprirle di nuovo e finire il lavoro. Ma so che no, non lo farò, almeno per ora, perché ho promesso a zia Betta che non l'avrei fatto. Zia Betta: quella che per i miei è sempre stata la parente fuori di testa, l'alternativa, sempre con la sigaretta in bocca e un linguaggio da caserma che stona con il corpo minuto e il viso gentile.

Quando era arrivata in ospedale, mi pareva invece fosse l'unica con la testa a posto, tra mio padre che per prima cosa aveva preso a insultarmi e aveva fatto anche in tempo a mollarmi una sberla prima che l'infermiere lo allontanasse e che dopo se ne era rimasto là a guardarmi inferocito, come se l'avessi fatto apposta per fare un dispetto a lui; mia madre che piangeva e dava la colpa a mio padre, e allo stesso tempo evitava accuratamente di guardarmi negli occhi; l'idiota di mio fratello che, pensando che io non me ne accorgessi, continuava a farmi foto per poi metterle sui social, e aspettava solo il momento buono per venire a farsi un selfie accanto al mio letto, con me con la flebo al braccio. Zia Betta, no. Lei l'unica che pareva calma: si era posizionata di fianco a me e con la testa piegata, per guardarmi meglio, aveva detto solo: "E allora, cucciola? Alla fine l'hai fatta la cazzata, eh?", e nel suo tono non c'era nessun rimprovero, nessuna commiserazione, solo un senso di amicizia e vicinanza.

E poi aveva convinto i miei, che non si erano più parlati dal tempo del divorzio, a mandarmi una settimana via con lei, a Riva del Garda, per cambiare aria. A mio padre e mia madre, figurarsi, la cosa andava benissimo: mi scaricavano e non c'era bisogno di starmi dietro più di tanto, e anche a me andava bene, così avrei smesso di far finta di ascoltare gli insulti, le lacrime, le recriminazioni, le prediche di loro due, dello psicologo e del prete che 'per caso' aveva preso a venire per casa.

Un altro motivo era che zia Betta è una che mi piace, con cui sto bene: se tu hai voglia di parlare con lei, bene; se tu non hai voglia, bene lo stesso. Lei è una di quelle che rispetta quello che dicono e fanno gli altri, non giudica e per quanto riguarda il non essere giudicata, beh, non è che lei non voglia essere giudicata, proprio non le interessa nulla di quello che gli altri pensano di lei, è in gamba zia Betta.

Tuttavia, prima di partire, mi aveva chiesto, anzi, l'aveva messa giù proprio come un patto tra noi due, di non riprovare ad ammazzarmi finché stavo con lei, e io glielo avevo promesso, per questo so che non mi riaprirò le vene, almeno finché sto qua. Poi...

Certo però che è strana, zia Betta. A chi sarebbe mai saltato in testa di prendere una che qualche giorno fa ha tentato di togliersi la vita, portarla su un su un sentiero lungo il lago, poco fuori città, dove non ci passa nessuno, chi vuoi che ci sia in giro da queste parti a fine novembre, e quando siamo arrivate a questa panchina mi ha detto: "Tu adesso ti siedi, stai qua un paio d'orette, tranquilla, io vado a fare un giro e poi passo a prenderti per cena. Meglio se spegni il cellulare, così eviti rotture di palle.", e poi se ne è andata e adesso io sono rimasta qua, da sola, seduta a guardare questo lago che mette solo paura, scuro com'è, in mezzo a una nebbiolina che copre tutto e ti immerge in un umido che neanche la mia giacca a vento pesante e il mio cappello di lana riescono a fermare.

Che cosa pensa di fare zia Betta, mi domando, cosa pensa di ottenere? Non bastasse l'angoscia, il senso del nulla che continuo a portarmi dentro e so che non mi passerà mai, ci voleva proprio un posto del genere come questo, una tristezza grigia, deprimente, davanti a un'acqua il cui rumore della risacca sembra dire "Buttati, buttati, non c'è niente per cui valga la pena vivere, buttati, buttati." Magari mia zia pensa che se sopravvivo a questa desolazione, a questo squallore, allora posso sopravvivere a tutto. Comunque, anche lei lo sa che io mantengo le promesse e quindi che non mi butterò, almeno non oggi.

Per scaldarmi, almeno così me la racconto io per non avere sensi di colpa, tiro fuori una sigaretta dal pacchetto che mi ha lasciato zia

Betta e me l'accendo. Non dovrei, dicono, fa male, dicono, ma mi viene da sorridere: certo io non avrò il tempo di morire di cancro.

Mentre fumo, vengo distratta da un colpo di tosse di uno che passa per di qua: cammina in fretta, tutto imbacuccato in un loden lungo, anche lui con un cappello di lana ben tirato giù sulla testa. Un'apparizione rara, perché da quando sono qui sono passate pochissime persone, chi vuoi che ci venga in mezzo a questo piatto grigiume. È passata anche una coppia di innamorati, o almeno immagino io che fossero innamorati, che passeggiavano lenti, abbracciati stretti, parlando sottovoce, molto romantici, e non so se mi hanno fatto più rabbia o pena.

Rabbia per la loro cecità, la loro illusione di credere che ci possano essere cose degne di essere vissute, che possano esistere cose come gioia, amore, felicità; pena perché da queste loro illusioni non si sveglieranno mai, magari sceglieranno di condurre una vita di tranquilla disperazione, come diceva non mi ricordo più chi, Thoreau forse, e andranno avanti nell'inganno di credere, e di far finta di credere, la vita sia una cosa buona. Stupidi. Stupidi e ciechi. E se anche fossi io ad avere torto, io che vedo le cose come sono non come dovrebbero essere, poco cambia. Io non sono come loro. Io non accetto questo mondo, non è mio, io qui non ci voglio stare, non tutti hanno la benedizione di essere ciechi e stupidi.

Vedo arrivare per il sentiero un'altra coppia. Anche questi passeggiano abbracciati, senza fretta, si scambiano qualche bacio ogni tanto, sembrano allegri e ridacchiano fra loro, e mi fa strano perché, me ne accorgo man mano che vengono avanti, sono due anziani, lo capisco dai lunghi capelli grigi di lei e dalla barba bianca di lui. Mi fa strano perché le loro effusioni sono più adatte a una coppia di giovani: non è facile -o, almeno, io non ho mai visto- una coppia di anziani comportarsi così, di solito le persone dopo una certa età cominciano a capire le cose come stanno, vanno avanti per inerzia ma sanno, o hanno intuito, che la vita non è nient'altro che una grossa fregatura.

Quando arrivano vicino alla panchina, si girano per un attimo verso di me e mi sorridono, e il loro sguardo mi colpisce quasi fisicamente, come un pugno, ho un tremito e mi appoggio di colpo allo schienale della panchina tanto è forte. È il tempo di un attimo, poi loro tornano a camminare parlando dei fatti loro, come se neanche mi avessero vista, ma io resto imbambolata a guardarli finché svaniscono nella nebbia dall'altra parte del sentiero.

Dentro di me si stanno agitando parole, idee, sensazioni, immagini, sento che sto respirando più in fretta e, come se fosse la prima volta, percepisco gli odori degli alberi, dell'erba, dell'acqua, mi accorgo del lieve vento sul mio viso, e sento anche il calore delle lacrime lungo le mie guance, e non mi ricordo neanche più da quanto tempo non piangevo. Anche i colori del lago, dei monti, del cielo, degli alberi mi sembrano più distinti, ora, più chiari anche se ormai il buio della sera avanza, e sento un profondo senso di stupore: io che ero convinta di non avere più niente di cui stupirmi, adesso mi meraviglio. Mi meraviglio di me, di quello che vedo, di quello che sento, di quello che provo. E mi meraviglio anche della vita.

Perché quei due là no, quelli non fingevano, quelli erano veramente felici, e la loro felicità mi è arrivata addosso come una scarica di energia, mi ha attraversato tutta e mi ha fatto capire che sì, la vita può anche essere bella, può anche donare felicità, serenità, e mi perdo in questa per me nuova coscienza.

Sono ancora tutta scossa quando arriva zia Betta per riportarmi al nostro bed and breakfast e poi andare a cena. Per strada, ogni tanto mi guarda, come fosse curiosa. Io non le dico niente, e anche se lei forse ha intuito qualcosa, non mi fa domande.

La sera del giorno dopo torno da sola sulla stessa panchina, e aspetto. Alla fine, li vedo di nuovo arrivare, proprio come li avevo visti arrivare la prima volta. E ancora, passando vicino a me, mi sorridono e io sento la stessa scarica di energia, forse meno violenta dell'altra ma ugualmente potente. E stavolta anch'io sorrido a loro, e una volta che se ne sono andati continuo a sorridere guardando il lago che adesso non mi pare più così brutto, e non fa paura.

Sono tanto presa che zia Betta deve battermi un paio di volte sulle spalle la spalla per avere la mia attenzione: «Ehi, cucciola, tutto bene?»

«Sì, sì... Tutto bene...»

Si siede accanto a me e mi fissa per un po'. Devo avere una espressione diversa dal solito, perché mette su uno strano sorrisetto, quello di una che la sa lunga, e io mi sento un po' in imbarazzo.

«E allora? Li hai visti, eh, i due vecchietti?»

«Cosa... Come fai a saperlo?», mi stupisco mentre il suo sorrisetto diventa un ghigno sardonico.

«Cucciola, non crederai mica di essere la prima e l'unica a vedere tutto nero, a pensare che ci sia solo infelicità e dolore e che tanto vale farla finita e mandare tutti a fare in culo, vero?»

Resta un attimo in silenzio prima di riprendere: «Già, cara mia, è capitato anche a me, tanto, tanto tempo fa, e ne sono venuta fuori proprio sedendomi su questa panchina, incontrando una coppia di vecchi che trasmettevano tanta felicità e gioia di vivere che hanno spazzato via tutta la merda che avevo in testa. Ascolta e dimmi se sbaglio: lei portava un basco rosso in testa e una sciarpa gialla, lui aveva un giaccone da marinaio e un cappello di feltro.»

«Mi stai prendendo in giro! Li hai visti adesso, venendo qua!»

Zia Betta fa di no con la testa: «Cosa credi che ti abbia portato qua a fare? Anche a me avevano detto di venire a sedermi su questa panchina e li ho visti, non mi ricordo più quanti anni fa, ricordo che all'epoca stavo da culo e che quei due mi hanno fatto passare tutto. Buone vibrazioni, le chiamavamo una volta.»

«Tanti anni fa? E vestiti uguali? Ma, ma... Che cosa sono, fantasmi?»

Lei scuote le spalle, come se la cosa non le importasse: «Boh, forse sì, forse no, non credo sia importante. Buone vibrazioni, il termine giusto è questo.»

Poi si accede una sigaretta e tende il pacchetto verso di me perché ne prenda una, ma io faccio un gesto con la mano per allontanarla: «Sei scema? Quella roba là fa male, mica voglio morire, io

## Il grande ombrello di Ermanno Pegorin

La gente in città si è sempre chiesta il perché della strana abitudine di Ermanno Pegorin, senza avere però il coraggio di chiedere direttamente a lui come mai ogni volta che esce di casa si porti dietro un ombrello molto grande, esagerato, di 2 metri di diametro, quasi un ombrellone da spiaggia, e come mai poi lo tenga sempre aperto sia di giorno che di notte, sia che ci sia il sole oppure faccia brutto tempo. Anche quando qualcuno, più curioso o più ardito degli altri, prova a porgli qualche domanda in merito, lui tergiversa, ci gira attorno e in un modo o nell'altro riesce a non rispondere.

Qualcuno dice che è malato, qualcun altro pensa che, nel migliore dei casi, non sia altro che un esibizionista che vuole fare l'originale oppure, nel peggiore, che si tratti di un pazzo furioso. E poi naturalmente ci sono i soliti allarmisti, quelli che credono che sia un alieno e che l'ombrello gli faccia da antenna, oppure che si tratti di un vampiro, anche se in quest'ultimo caso non si capisce perché se ne esca con quell' ingombrante ombrello anche di notte.

Per il resto, lui è una persona tranquilla, cordiale, si ferma a chiacchierare amabilmente con tutti, per tutti ha una buona parola, è una persona di cui ci si può fidare e che quando si tratta di aiutare qualcuno non si tira mai indietro. Tutte cose, queste, che non fanno che rendere la questione dell'ombrellone ancor più misteriosa anche se, in realtà, il motivo del comportamento del Pegorin, così come la sua reticenza a parlare della faccenda, sono dovuti al suo buon cuore e alla sua comprensione.

Il fatto è che Ermanno Pegorin ha un'ombra timida, pesantemente complessata, che è convinta di essere brutta e soffre nel farsi vedere in giro e così, per evitare di causare dolore alla sua fedele compagna, l'uomo porta sempre con sé quell'accessorio esagerato, di modo che la propria ombra si possa confondere con l'ombra più grande dell'ombrello e non essere individuata né degli altri uomini né dalle altre ombre.

E per questo l'ombra di Pegorin, che è cosciente del fastidio e dell'imbarazzo dell'uomo nel portarsi sempre dietro un ombrello di tal genere, gli vuole bene anche lei e quando sono da soli, a casa, sotto la potente luce del lampadario del salotto, gli gira attorno contenta e come un gattino gli fa un sacco di fusa.

## Stanza 22

Stamattina Franceschi mi ha mandato a chiamare e io sono contento perché so che quando Franceschi mi chiama si tratta sempre di un incarico importante. Allora non perdo tempo e corro subito verso il suo ufficio, che è la stanza 22 del secondo piano. Quando arrivo, vedo che sulla scrivania sono già pronte le scatole, tutte a posto, già impacchettate con carta lucida blu con sopra disegni di stelle e cuoricini, e ognuno di questi pacchetti è legato con un nastro di colore diverso, per distinguerli. I nastri terminano con un fiocco, un bel fiocco grande, ma di quelli fatti proprio bene, fatti tanto bene che sembrano falsi.

Franceschi mi indica i vari pacchetti: «Quello col nastro verde va al radiologo, quello col nastro giallo lo porti al dermatologo, quello col nastro rosso al dentista, quello col nastro bianco al cardiologo...», e io lo ascolto e faccio di sì con la testa, ma tanto io lo so, e lo sa anche Franceschi, che a me le cose dopo un po' vanno via di testa e poi devo farmele spiegare di nuovo. Quello che so è che in ogni scatola c'è una fetta di torta diversa e io non devo sbagliare e devo portare la torta giusta al medico giusto.

Nella stanza c'è anche il Sorcio, che se ne sta in un angolo e si guarda attorno con aria indifferente. Il Sorcio è piccolo, molto piccolo, sembra un bambino appena nato e, siccome ha pochi capelli, sulla testa si fa dei riporti e li tiene fermi con la brillantina, ma i capelli sono lo stesso pochi, non coprono tutto e alla fine sembra che abbia delle strisce nere dipinte sulla testa che vanno dall'orecchio destro a quello sinistro e viceversa. Fa ridere, il Sorcio, ma non bisogna fidarsi di lui perché è cattivo, il Sorcio, e a me fa sempre i dispetti.

Comunque, adesso Franceschi ha finito, mi dà un primo pacchetto, quello con il nastro rosso, e mi dice che quello devo portarlo dal dentista, e di sbrigarmi perché quando torno me ne darà un altro da portare a un altro dottore, e vuole che tutti siano consegnati in tempo. Io conosco la strada da fare per arrivare dal dentista: devo arrivare al piano terra, uscire, fare la grande scalinata e poi girare a destra, e allora dico che va bene, prendo il pacchetto, esco dall'ufficio e vado a prendere l'ascensore, perché non ho voglia di fare le scale.

Davanti all'ascensore, trovo un paio di colleghi che conosco, un uomo e una donna, e anche se non ho neanche come si chiamano, so che sono colleghi e allora aspettando assieme che arrivi l'ascensore ci mettiamo a chiacchierare. Loro fanno cose diverse dalle mie, cose di cui io non so niente, così come loro non sanno niente di quello che faccio io, però sono simpatici e quando capita di incontrarci, parliamo sempre di qualcosa, anche se poi io non mi ricordo mai di cosa, perché quello che ci raccontiamo appunto o non lo capisco oppure non mi interessa.

Quando poi arriva l'ascensore, prima io accompagno loro fino al sesto piano, dove devono fare non so che cosa, poi loro accompagnano di nuovo me al piano terra dove devo andare io, ma allora siccome sono gentili io voglio accompagnarli di nuovo al sesto piano, e loro dopo accompagnano di nuovo me al piano terra, e va avanti così per un bel po', finché ci stanchiamo e scendiamo tutti e tre al secondo piano, dove ci siamo trovati la prima volta. Loro si rimettono ad aspettare l'ascensore che frattanto è ripartito e io mi decido e faccio le scale.

Quando però arrivo giù, col bel pacchetto tenuto stretto contro il petto, non mi ricordo più se devo portarlo dal dentista o a qualcun altro. Cioè mi sembra sia proprio il dentista, ma non ne sono sicuro e allora mi tocca tornare su da Franceschi e chiedergli di nuovo a chi devo portare il pacco perché se so che c'è una cosa che non va fatta, è sbagliare e portare a un medico il pacco con dentro una torta non sua.

Stavolta non c'è nessuno oltre a me a prendere l'ascensore e allora salgo e quando scendo al secondo piano, vado direttamente nell'ufficio di Franceschi per chiedergli a chi è che devo portare il pacco. Nell'ufficio però non lo trovo, c'è solo il Sorcio nel suo angolo, e allora io chiedo a lui dove è andato Franceschi o dove posso trovarlo.

Lui scrolla le spalle, come se la cosa non avesse importanza, e poi mi viene vicino sorridendo, e allunga le mani come se volesse giocare, e io mi tiro indietro, ma lui si accosta sempre di più, e agita le mani verso di me come se volesse toccarmi e farmi solletico, però io mi sono accorto che invece sta puntando al pacco che tengo ben stretto e io, che pure sono tanto più grande e più grosso di lui, non sono capace di reagire a quel fastidio, perché lui insiste e io non posso mica prenderlo a botte o a calci, perché poi lui va in giro a dire che lui voleva solo giocare.

Alla fine, rimango intrappolato in un angolo della stanza, non posso andare da nessuna parte e il Sorcio sempre agitando le mani contro di me arriva a prendere con le sue piccole dita tozze un capo del nastro rosso e si mette a tirarlo così che il fiocco inizia a sciogliersi e a quel punto io mi arrabbio e cerco di fermarlo ma lui, sempre tirando il nastro scioglie del tutto il fiocco e mentre sono impegnato a tirare anch'io il nastro perché non se lo porti via e io possa riportarlo a Franceschi per preparare un nuovo pacco per la torta, lui di colpo molla tutto, afferra il pacco e se ne scappa fuori dall'ufficio e io resto lì con in mano un nastro rosso, bello, ma inutile.

Esco dall'ufficio anch'io, di corsa, e arrivato nel corridoio mi metto a cercare il Sorcio, e provo tutte le porte, ma o sono chiuse oppure dentro ci sono cose che non cosa siano ma non c'è il Sorcio. Lo trovo alla fine dentro il bagno, che se ne sta rannicchiato in un angolo, sperando che io non lo veda, ma io lo vedo, e vedo anche per terra i pezzi della bella carta lucida di colore blu, la scatola aperta, e mi accorgo che il Sorcio ha la bocca e le mani sporche di cioccolato e sta ancora masticando e mentre mastica mi guarda e i suoi occhi cattivi ridono.

Perdo la pazienza del tutto e decido di dargli una lezione, lui si accorge che voglio prenderlo e cerca di scappare, ma io ho chiuso col chiavistello la porta del bagno e lui non sa dove andare, salta di qua e di là, e non riesco a prenderlo perché è anche veloce, il Sorcio, però io insisto e alla fine riesco a afferrarlo per il colletto del camice e lo butto per terra, a faccia in giù, e mentre lo tengo fermo schiacciandogli la schiena con il piede sinistro, lo prendo a calci nel sedere col destro, ma il Sorcio ha irrigidito tutto il corpo, e i calci nel sedere sembrano non fargli niente.

Allora lo rialzo tirandolo per il colletto, gli prendo la testolina e la ficco dentro la tazza del water, e tiro l'acqua. Lui scalcia e si dibatte, ma io lo tengo ben fermo, tanto so che non annega per così poco il Sorcio, e che in ogni caso quello è il posto giusto, per lui. Quando però l'acqua smette di scorrere, mi sento in colpa per essere stato così cattivo e lo tiro su lentamente, con delicatezza, per non fargli male. Adesso fa proprio ridere, con i suoi capelli con la brillantina che gli cadono sulle spalle come delle corde nere, ma io non rido, anzi, sono proprio dispiaciuto e mi vergogno di quello che ho fatto.

Mi viene quasi da chiedergli scusa, ma mi trattengo perché non è giusto, è lui che ha fatto una cosa che non doveva fare. E poi adesso per lui è come se io neanche ci fossi, se ne sta immobile, con la faccia buia, imbronciata, e tiene gli occhi fissi sul pavimento, per non incontrare il mio sguardo. Io lo porto fino al lavabo, faccio scorrere l'acqua calda e lo pulisco, cerco di sistemargli i capelli come erano, e lui lascia fare ma tiene sempre lo sguardo basso, sta zitto e sembra più offeso che arrabbiato.

Lo faccio scendere dal lavabo e gli dico che spero abbia imparato la lezione e che ci sono cose che non si possono fare. Lui neanche mi ascolta, gira piano il chiavistello della porta del bagno e se ne esce nel corridoio senza guardarmi, camminando lentamente e lasciando per terra un bel po' di gocce d'acqua. Io non posso fare altro che restare a guardare il Sorcio che si allontana e penso che, in ogni caso, non è servito a niente, e che lui continuerà a farmi i dispetti perché è nella sua natura farmi i dispetti.

## Due o tre volte al mese

Ecco, lo sento. Ha incominciato a muoversi. Di poco, in maniera quasi impercettibile, ma ha incominciato a muoversi.

Io resto immobile, a occhi chiusi a fare finta di dormire. Non ho bisogno di aprire gli occhi per sapere che è notte fonda, saranno le due, forse le tre, è questo il suo orario.

Lui continua a muoversi in modo guardingo per non farsi scoprire, lentamente, molto lentamente, con piccole torsioni e piccoli strappi che se non fossi attento forse neanche da sveglio riuscirei ad accorgermene.

Ad un certo punto si ferma - lo fa sempre - e resta per un attimo in attesa, come per controllare che io sia proprio addormentato. Io mantengo la mia immobilità, il respiro un po' pesante ma regolare, così da ingannarlo fino a quando lui, rassicurato, con un ultimo leggerissimo strappo si stacca del tutto. Di nuovo resta fermo per una decina di secondi, sempre nel timore di essere scoperto, e alla fine avverto che si muove verso la sponda del letto, ne scende senza fare alcun rumore, striscia sul pavimento ed esce dalla camera.

Io continuo a far finta di dormire finché non sento la porta dell'appartamento prima aprirsi e poi chiudersi con delicatezza. Se ne è andato.

Quasi rilassato, mi permetto di aprire gli occhi e di prendere qualche respiro profondo. Ormai, è da un bel po' di tempo che mi sono accorto che il mio braccio sinistro si comporta così: due, tre volte al mese, senza una qualche regolarità, si stacca dal resto del mio corpo mentre io dormo e se ne va, per tornare qualche ora dopo e riattaccarsi prima che io mi svegli.

Dove va, a fare che cosa, io non lo so. Mi immagino che vada a curiosare in giro per posti dove io non lo porto mai durante il giorno, oppure che si confonda con altre creature della notte, in mezzo a gatti oppure a topi, o forse, magari, si ritrova da qualche parte con altri bracci, a fare giochi con le dita, o a sfidarsi a braccio di ferro.

Qualche volta ho pensato di seguirlo, per sapere dove va e perché, ma ho troppa paura che mi scopra, che se la prenda per la mia indiscrezione e che alla fine decida di non tornare mai più.

## La goccia e l'oceano

Alla sua morte, la coscienza della creatura seguì la luce come da sempre la sua anima sapeva di dover fare e arrivò al Grande Oceano del Nulla, quello che le tradizioni, senza conoscerlo ma solo intuendo la sua esistenza, hanno chiamato con nomi quali Nirvana, Vaikunta, Sheol, Dilun, Paraidesha.

Perché ogni uomo, ogni creatura, ogni vita non è altro che una goccia, impercettibile parte di un oceano senza inizio e senza fine: per un attimo, un solo respiro, quella goccia arriva alla superficie, bacia l'aria, conosce il sole e subito ritorna nelle profondità dove tutto è uguale e l'individualità imperfetta che era stata si dissolve nella perfezione dell'oceano, si trasforma nel tutto e nel tutto scompare.

Ma questa particolare, unica, goccia, per la prima volta, decise che avrebbe rinunciato alla perfezione e all'assoluto, decise che avrebbe ricordato e che, per tutti gli infiniti eoni che dovevano trascorrere prima di ritornare all'attimo della rinascita, avrebbe conservato la memoria di quell'infinitesimale frammento di vita che era stata e non avrebbe dimenticato il nome che era stato suo: Lucifero.

## Guardaroba d'estate

La libreria, a vederla, pareva più un tempio che un normale negozio: gli infissi erano di legno massiccio, scuro e lucido, le vetrate leggermente abbrunate mettevano in mostra solo pochi, eletti, volumi sopra raffinati espositori sempre in legno e a fianco dell'entrata due colonne in marmo reggevano una lastra, anch'essa in marmo, su cui era inciso a caratteri dorati: "Libreria Grifoni dal 1824".

Il taxi accostò, ne scese una signora molto elegante e molto ingioiellata che guardò per un attimo l'imponente insegna, poi rapidamente passò due banconote all'autista dicendo: «Tenga pure il resto.», e senza un saluto si girò ed entrò nella libreria. L'autista guardò le due banconote da 10 euro che gli aveva dato la signora e dentro di sé fece la semplice considerazione "Costo corsa euro 19 e 20 centesimi, pagato euro 20, mancia 80 centesimi. Una principessa." Poi, sospirando e pensando che è proprio vero che le tasche dei vestiti dei ricchi le fanno a chiocciola, dove i soldi entrano e non vengono più fuori, guardò nello specchietto retrovisore e si reinserì nel traffico della città, traffico intenso come se tutti dovessero andare a concludere qualcosa prima dell'arrivo ormai vicino dell'estate.

All'interno, la libreria era silenziosa. Due visitatori, parlottando fra di loro a voce bassissima, quasi come fossero in chiesa, si aggiravano curiosi tra gli scaffali e i tavoli su cui erano esposte le novità. Il silenzio venne rotto dal rumore dei tacchi alti della signora e il cavalier Grifoni, ultimo discendente della famiglia, in un impeccabile doppio petto scuro, si avvicinò premuroso e chinò il capo con deferenza: la signora era una delle migliori clienti, e poi era moglie del commendatore M., la deferenza era il minimo.

«Signora M.!», salutò ostentando un sorriso più da bottegaio che reale «Bentornata, è sempre un piacere vederla!»

«Buongiorno Grifoni. Volevo parlare con Marisa.»

«Marisa è al momento impegnata con un altro cliente. Se posso esserle utile io...»

«No, Grifoni, grazie. Volevo proprio Marisa.»

«Bene, signora. Vedrò cosa posso fare.», e abbassando leggermente il capo come per scusarsi si allontanò per cercare Marisa, la commessa più stimata della libreria, la preferita da tutte le signore che frequentavano il posto, quella che non era solamente la più preparata, ma anche una che dava consigli ma al tempo stesso una confidente e, per qualcuna, addirittura un'amica.

La trovò nella saletta verde, quella dei classici latini e greci, assieme ad un assiduo frequentatore del posto, il professor P., mentre gli illustrava l'ultima edizione critica delle "Enneadi" di Plotino, e non poté fare a meno di pensare che quello era uno spreco: Marisa era eccezionale con le donne, ma era sprecata con gli uomini, a quelli poteva pensarci lui o qualche altro commesso, erano meno esigenti, avevano le idee più chiare e andavano subito al sodo.

Fece un cenno discreto alla commessa, e questa si scusò con il cliente e andò dal titolare che sottovoce le disse: «C'è la signora M. Vuole te.»

Marisa annuì, tornò dal cliente e dopo avergli sussurrato qualcosa se ne andò, mentre era Grifoni ad avvicinarsi con un sorriso: «Caro professore! Bentornato, è sempre un piacere vederla! Allora, Marisa mi diceva che è interessato all'ultima edizione delle "Enneadi", con la traduzione del Roccoli...»

Marisa raggiunse la signora, che sfogliava le ultime novità sopra gli espositori con aria dubbiosa se non proprio contrariata.

«Benvenuta, signora. Mi voleva?»

La signora si girò, scrutò la commessa da capo a piedi e sembrò approvare il suo tailleur nero, alla moda ma al tempo stesso sobrio e discreto, con la camicia bianca e le scarpe nere senza tacco.

«Oh, finalmente. Avevo proprio bisogno di te, cara.»

«Bene, signora. Sono a sua disposizione. Preferisce stare qui o andiamo nel salottino?»

«Forse nel salottino è meglio. Sai, cara, è una questione importante, ed è meglio che ne parliamo tranquille.»

Marisa sorrise e fece strada alla cliente verso una piccola stanza, in un angolo tranquillo della grande libreria, dove in mezzo agli scaffali dei libri si trovavano un piccolo tavolino rosso, laccato, e due poltroncine con sedile di velluto, anche questo di colore rosso, per ricevere gli ospiti più importanti, quelli che dovevano essere trattati col massimo rispetto e a cui prestare la massima attenzione, quelli da accontentare ad ogni costo perché un loro giudizio negativo poteva risultare deleterio per la libreria.

Marisa fece accomodare la signora M. su una delle poltroncine e prima di sedersi a sua volta chiese: «La signora desidera un caffè, un tè, oppure una bibita rinfrescante, visto che oggi è già una giornata caldina?»

L'altra scosse la testa: «No, cara, grazie. Meglio di no. Forse dopo.»

«Come desidera, se cambia idea me lo dica.» concluse Marisa e sedette accanto alla signora. Questa per un attimo osservò la commessa: si era seduta ma aveva mantenuto la schiena dritta e non l'aveva appoggiata alla spalliera, e se ne stava con le mani posate sulle ginocchia, attenta e in attesa. La signora ne fu compiaciuta, Marisa non era solo la commessa di libreria più capace e fidata che conoscesse, in grado di trovare sempre il meglio per lei, era anche una che sapeva stare al suo posto. E, come consigliera, non sbagliava mai.

«Vedi, cara, il fatto è che siamo stati invitati, mio marito ed io, a passare un fine settimana in Sardegna, dal conte D. e ci saranno diversi altri ospiti, alcuni importanti, come J.K., l'attrice, la ministra R., ma soprattutto, ci sarà...» E qui la signora M. fece una breve pausa, chinandosi verso Marisa prima di pronunciare, abbassando la voce, un nome che fece sobbalzare la commessa, che pure non era certo una facile da impressionare.

La signora si accomodò di nuovo sulla poltroncina: «Capisci, cara, che questa non è una cosa da prendere alla leggera, no? Io devo fare una figura non bella ma, semplicemente, splendida. Ecco perché sono qui, cara, sono nelle tue mani.»

Marisa esitò e si morse leggermente le labbra: «Ho capito, ma devo saperne di più, signora, devo sapere come si svolgerà questo soggiorno, se c'è un tema richiesto, se ci sono occasioni particolari.»

La signora scrollò le spalle: «Ma, niente di che... Faremo le solite cose, credo: attività varie, spiaggia, uscita in barca, serate danzanti... Ecco, una sola cosa particolare ci sarà, una cena in onore del console francese in Austria che, a quanto mi dicono, è un amico personale del conte. Non mi pare ci sia nient'altro di speciale in programma, sai, cara, il conte non è che brilli per la sua fantasia.»

La commessa sembrò pensarci un po' sopra e poi estrasse dalla tasca del tailleur un piccolo taccuino rilegato in pelle con una piccola matita dorata, e con tono professionale, come se fino ad allora si fosse trattato di una chiacchierata tra amiche, disse: «Signora, per poterle rendere il servizio che merita, devo saperne di più.»

L'altra annuì, contenta: sapeva che Marisa stava prendendo il comando, e sapeva che avrebbe trovato la soluzione giusta.

«Vede,» stava proseguendo la commessa «in questi casi è facile ricorrere a scrittori di moda, certo non emergenti, ma già famosi e segnalati in qualche premio, e risolvere così la situazione, ma non è il massimo, tutto sommato si tratta di scelte banali e noi non vogliamo questo, giusto? E non vogliamo nemmeno che qualcun altro, o qualcun'altra, arrivi coi nostri stessi libri, giusto?»

La signora fece di sì con la testa, pronta a lasciarsi guidare.

«Lei, signora, per caso aveva già in mente qualcuno o qualcosa?»

«No, cara, no. Come ti ho già detto, sono nelle tue mani.»

«Bene. Allora andiamo con ordine. Partiamo dalla colazione del mattino. Si tratta di una colazione formale o informale? È importante che io lo sappia.»

«Beh... informale, principalmente. Naturalmente ci sono i camerieri, ma si limitano a preparare le bevande, affettare il pane, cose del genere. Ci si serve a buffet, sopra tutto, e non c'è nessuna indicazione particolare per l'abito.»

Marisa prese nota sul suo taccuino: «Informale, dunque. Bene, questo è piuttosto facile, vediamo...» Fissò il soffitto e si morse un paio di volte le labbra prima di continuare «Ecco, io la vedrei bene con qualcosa di leggero, disinvolto, una raccolta di racconti, una lettura non impegnativa ma assolutamente non banale... Ecco, potrebbe essere "È ricca, la sposo e l'ammazzo", di Jack Ritchie, oppure... No, aspetti un attimo, mi è venuto in mente quello che può essere per lei l'accessorio perfetto per una colazione informale. Non si tratta esattamente di un libro di racconti, sono più che altro storielle brevi, considerazioni e facezie di vario genere, ma comunque in grado di attirare l'attenzione e di far un'ottima figura: "Crepapelle", di Luciano Folgore!»

La signora trasalì: «Luciano Folgore? Ma... Non ti pare un po' datato?»

Marisa fissò la signora con uno sguardo che sembrava quasi di commiserazione e rispose, dura: «Signora, noi sceglieremo molti libri datati, perché con autori contemporanei il rischio di trovare qualcuno che ha fatto la nostra stessa scelta è alto, troppo alto, e basterebbe un libro, un solo libro doppio per venire automaticamente bollati come massa. E noi non vogliamo questo, vero, signora?»

La signora si fece piccola piccola e scosse la testa vigorosamente come per dire no, no figuriamoci! Marisa, soddisfatta della reazione della cliente, riprese in tono più accomodante: «Si fidi, signora. Io le scoverò il meglio del meglio, quelle perle che non sono per tutti, e che, pur se datate, come dice lei, illuminano e valorizzano al massimo chi le porta... E saranno comunque delle perle uniche.»

La commessa tacque, fissò la cliente e si accorse che ormai era nelle sue mani. Prese qualche nota sul taccuino prima di continuare: «Passiamo alle... attività della mattina, giusto? Di che si tratta?»

«Ma, non so, solite cose... Ci sono attività sportive, tennis, palestra, pilates... Sai, cara, il conte ha una palestra ben attrezzata, chiama istruttori molto validi, e sono molti quelli che la frequentano, ma anche piscina, o spiaggia, naturalmente. E poi ci sono altre attività di tipo spa: sauna, massaggi, cure estetiche, perché la contessa ci tiene molto alla forma, ormai anche lei ha una certa età, e anche lei recluta personale di primo ordine, di una qualità difficile da trovare.»

«E lei, signora? Lei quale di queste attività segue?»

«Beh, io non è che disdegno le attività sportive ma... Una va in Sardegna anche per rilassarsi e staccare un po', giusto? La spiaggia... bah, a me annoia. Certo se ci andasse lei-sa-chi, ci andrei anch'io, naturalmente, ma se posso evito e preferisco una bella sauna, seguita da massaggio, pedicure, manicure... la spa, insomma, dove tra l'altro si può stare a chiacchierare fra donne senza la pesantezza dei nostri mariti che anche quando fanno sport continuano a parlare di soldi, di affari, di politica, tutte cose che a me non è che interessino molto, anzi.»

«Uhm, tutto chiaro... Allora, io ci vedrei bene un romanzo contemporaneo, magari anche due, nel caso voglia o debba dedicarsi a più attività. Per quanto riguarda le attività di spa, io me la immagino con un romanzo non troppo pesante, certo, però già di un certo spessore... Qualcosa come il "Club dei bugiardi", di Mary Kerr, ma qua un po' di rischio c'è, ne hanno fatto una ristampa recentemente: io faccio sempre riferimento all'edizione originale, ma con le ristampe non si sa mai. Allora, un'altra scelta potrebbe essere... Beh, anche Janet Skeslien Charles non sarebbe male, con la sua "La biblioteca di Parigi", però non mi convincono né l'una né l'altra: vede, signora, io per lei vorrei trovare un autore donna, ma deve essere eccezionale e al tempo stesso poco conosciuta.»

Marisa rimase per un po' in silenzio, mordicchiando la sua matita e tenendo gli occhi chiusi, finché aprì gli occhi, come illuminata, e schioccò le dita: «Sì! Questa! Signora, a lei il nome di Jacqueline Harpman dice niente?»

«Beh, no... Ma io, cosa vuoi, cara...» brontolò imbarazzata la cliente «Sai, non è che abbia molto tempo per leggere, io... Guardo la TV, mi informo in internet, leggo qualche rivista, ma per quanto riguarda i libri...»

«Non si preoccupi, non è mica un'accusa. Però, così come lei non conosce questa scrittrice, che è stata pubblicata diversi anni fa e che all'epoca è stata sottovalutata, non la conoscono di sicuro neanche le sue amiche. Jacqueline Harpman, "Io e Dio", è proprio quello che ci vuole per una sauna, un massaggio o attività similari. Si tratta di un'edizione di poche pagine, comoda e pratica da portare ma al tempo stesso di una eleganza e una raffinatezza rare.»

Si fermò a guardare la signora M. che chiese: "E con questa, con questa non c'è il rischio di trovare qualcuno che abbia lo stesso libro?»

«A dire la verità,» rispose Marisa «un po' di rischio c'è sempre. Io naturalmente cerco di evitare al massimo che si possa verificare una cosa del genere ma una percentuale di rischio non si può mai escludere. Per questo io consiglio alle mie clienti, e lei lo sa, di prendere adeguate precauzioni, ad esempio in questo caso portarsi via 2, 3 libri per la stessa occasione di modo che ci sia sempre un ripiego se ci si accorge che qualcuno o qualcuna ha fatto le nostre stesse scelte. Anzi, in realtà, signora,» disse in un tono più basso, quasi da cospiratore «io le consiglierei di arrivare per ultima, di modo da poter sbirciare in anticipo quello che hanno le altre, e tenersi nella borsa un libro di emergenza.»

La cliente si mise a ridere e abbassando pure lei la voce, in tono confidenziale, disse: «È quello che farò, cara, grazie!».

«Ecco, allora per la spa siamo a posto, invece se dovesse andare in spiaggia, mi piacerebbe per lei un qualcosa sempre non impegnativo Anzi leggero, allegro, casual possiamo dire, tale da far risaltare il suo senso dell'ironia. Magari un romanzo in tema, come "Vacanze matte" di Richard Powell, oppure "Alla larga dal mare" di William Brinkley, o anche "Vacanze a tutti i costi" di Pierre Daninos. Anzi, propenderei decisamente per quest'ultimo anche se non è un romanzo, si tratta piuttosto di una serie di brevi articoli umoristici, perché questi libri sono tutti e tre dei gioiellini, ma Daninos è proprio una chicca di una eleganza al tempo stesso classica e modernissima. Naturalmente, intendo l'edizione originale del 1959 che fra l'altro è arricchita dai disegni di un artista poco noto ma di alto livello come Jacques Charmoz, un'edizione, mi lasci dire, che sta assolutamente bene con tutto. E poi, si tratta di un autore francese, e questo potrebbe risultare gradito al console o alla sua consorte.»

La signora sorrise apertamente: «Vedi, cara, tu pensi sempre a tutto, per quello mi piaci!»

«È il mio lavoro, signora! Anche se con lei spesso è più un piacere che un lavoro.» sviolinò la commessa.

L'incontro andrò avanti in questo modo per quasi due ore, compresa una breve pausa per un tè, e la signora M. diventava sempre più rilassata e meno sostenuta, e a quelli che giravano per la libreria e per caso davano un'occhiata al salottino, le due davano l'impressione di essere più due amiche immerse in piacevole conversazione che cliente e commessa, tanta era la complicità, quasi intimità che esprimevano a chi non poteva capire lo scopo di quel dialogo.

Certo, era sempre Marisa quella che conduceva il gioco, portando la signora M. con delicatezza e fermezza ad approvare certe scelte quasi come fossero delle idee venute a lei e non frutto della conoscenza e dell'esperienza della commessa. In questo modo, arrivarono un po' alla volta ad individuare i libri migliori per ogni occasione: ad esempio per le uscite in barca Marisa stabilì che si dovesse optare per un romanzo storico e fu scelto "Le segrete del castello", di Antonio Perria, anche se con un po' di rammarico della commessa secondo cui l'opera migliore sarebbe stata "Cavalieri di oriente e di occidente", di Francois Cavanna, opzione che dovette purtroppo essere scartata perché la presenza del console sconsigliava l'utilizzo di questo volume, considerando il fatto che si trattava di un autore non ben visto, anzi decisamente inviso all'establishment francese. Comunque, tutte le diverse occasioni che si presentavano o si sarebbero potute presentare vennero esaminate a fondo e per ciascuna venne trovata la soluzione o le soluzioni migliori. L'unico problema, o contrasto, se vogliamo dire così, fu la scelta del libro per il pre-cena, quando era prassi che dopo una giornata di svago e leggerezza, le circostanze dovessero lasciare il posto a qualcosa di più impegnato, opere accademiche, scientifiche, o anche di saggistica, ma in ogni caso non di narrativa, e di rilevante spessore culturale.

Qui la signora M. fu irremovibile: nonostante Marisa le avesse proposto, spiegandone a fondo le ragioni e le opportunità, tutto un elenco di libri come "Il mulino di Amleto", raffinato saggio sul tempo di Giorgio De Santillana e Herther von Dechend, il classico "L'uomo e la morte dal Medioevo ad oggi", di Philippe Aries, e perfino "La grande madre" di Erich Neumann, un'opera che, per usare le parole della commessa, "... è una sorta di perfezione letteraria, sta bene con tutto e chiunque con questo è sicuro di fare un figurone", la cliente si impuntò su "L'universo elegante", di Brian Greene, solamente perché, come aveva letto sulla copertina, trattava della teoria delle stringhe, di cui aveva sentito vagamente parlare in una delle sue sitcom favorite. Alla fine, Marisa cedette, ma non senza sottolineare, con malcelata ripicca: «Poi però non venga a lamentarsi con me se qualcun altro esibirà lo stesso libro: lei, cara signora, non è l'unica a cui piace Big Bang Theory!»

In ogni modo, a parte questo ultimo screzio, il taccuino si riempì di una lunga lista di volumi e alla fine le due arrivarono alla scelta più impegnativa, la scelta che poteva significare il trionfo o la vergogna in quell'occasione mondana: il libro da portare alla cena in onore del console di Francia.

La conversazione leggera di prima era sparita, ora le due sembravano più serie, più concentrate e la commessa era quella più conscia dell'importanza della cosa, sapeva che era in ballo non solo il successo sociale della signora M. ma anche la propria capacità e la propria reputazione professionale. Marisa si schiarì la voce prima di chiedere: «Mi dica, signora c'è stato qualche altro precedente simile, di cui mi può parlare?»

La signora ci pensò un po' sopra prima di rispondere: «Beh, qualche anno fa c'è stato un aperitivo a Palazzo Farnese, a Roma, per raccogliere fondi non mi ricordo più per che cosa, forse i bambini in Africa, o le foreste amazzoniche, o la ricerca sulle malattie rare, roba del genere. Nell'invito, era specificato "È gradito un libro francese", e si sa cosa si intende per 'gradito' in questi casi. Io mi presentai con "Le beaux mensognes de l'histoire", non mi ricordo neanche più chi fosse l'autore, ma non fu un successo.»

«Signora,» la interruppe la commessa con un velo di rimprovero nel tono: «Non mi pare sia venuta a parlare con me, quella volta.»

«No, Marisa, purtroppo no!» si scusò l'altra quasi chiedendo perdono «Mi trovavo a Roma, non avevo il tempo di tornare qui, è successo tutto in fretta. Sono andata in una libreria consigliatami da una mia amica, la moglie del ministro O., ma non è andata bene, proprio no. Marisa, tu sei unica, e ti assicuro che non capiterà più.» e restò a fissare la commessa con aria mogia, da cane bastonato, come in attesa di ricevere l'assoluzione da un prete.

La commessa, compiaciuta del fatto che l'aveva chiamata per nome e non con il solito 'cara', fece un cenno con la mano quasi di indulgenza, come per dire "va bene, non ne parliamo più" e chiese: «Per caso, si ricorda quale libro fu maggiormente apprezzato quella sera?»

«Sì che me lo ricordo, o meglio mi ricordo che l'aveva portato proprio la moglie del ministro, quella che mi aveva consigliato la libreria dove andare e mi sa tanto che lo aveva fatto apposta a mandarmi là! Il titolo no, quello non me lo ricordo, so che parlava della storia dei cornuti nel Medioevo o qualcosa del genere.»

«Uhm. Probabilmente era "Au bonheur des males, adultere et cocuage à la Renaissance", di Maurice Daumas. Opera interessante, certamente, ma non eccezionale, si poteva fare di meglio. Altro da dirmi sui libri portati in quell'occasione?»

«Mah... C'erano molti classici, Dumas, Hugo, quelli là insomma, e poi diversa roba contemporanea, ma non mi ricordo più cosa, niente di particolare se no me ne ricorderei, credo. Ah, una cosa, ma è proprio una barzelletta, mi scusi, il commendatore G. e l'addetto culturale francese si presentarono tutti e due con dei libri di fiabe dello stesso autore, Perrault, mi pare, e per tutto il tempo litigarono dicendo che la propria era l'edizione migliore, fu veramente imbarazzante ma mai quanto...» E qui la signora M. si fermò non riuscendo a trattenere una risatina.

«La prego, continui.» la incoraggiò Marisa, incuriosita e divertita anche lei.

«Guarda, cara, questa è grossa, te la dico ma, ti prego, tienitela per te perché non è bello far sapere certe cose in giro. Insomma, la moglie del produttore Q., una attricetta che invece di far successo nel cinema ha fatto successo con i cineasti, una piccola borghese che non aveva la più pallida idea di come comportarsi in società, arriva con... mi viene ancora da ridere a dirlo... Con la ricerca del tempo perduto di..., Proust, giusto? Ma non un libro solo, no... Sette! Sette libri, tutti rilegati in pelle! Era impossibile trattenere le risate quando la si vedeva parlare con gli altri ospiti tenendo tutti quei libri in braccio, che sembrava una commessa di libreria! Oh, scusami cara, non intendevo...»

Marisa scosse la testa con un sorriso tirato per indicare che quel paragone non le importava e la signora M. veloce proseguì: «Beh, insomma, era una farsa! Ogni tanto doveva posare i libri per stringere una mano o prendere un bicchiere, e poi ne dimenticava sempre in giro qualcuno. Ad un certo punto il marito dovette portarla via, perché lei neanche si accorgeva di quanto si rendeva ridicola e mi dissero che poi, a casa, c'era stata una lite furibonda e che per un bel pezzo lui quando doveva andare a qualche riunione mondana ci andava da solo. Ma che figura, che figura... a Roma ne parlano ancora.»

Si fermò vedendo che Marisa aveva cambiato espressione, il suo sorriso da divertito era diventato brillante e anche i suoi occhi brillavano. Incuriosita le chiese: «Cara, ti è venuto in mente qualcosa?»

La commessa si stava picchiettando la matita sulle labbra ed era come se guardasse lontano, verso un oggetto o un qualcuno che non era nella stanza.

«Sì, signora, mi è venuto in mente qualcosa, proprio. Me l'ha fatto venire in mente la storia dell'ospite con i volumi della Recherche...»

«Non penserai mica di mandarmi alla cena del console con un mucchio di libri, vero?» si preoccupò la cliente.

«No, certamente no. Pensavo piuttosto a qualcosa di particolare, molto particolare. Pensavo a Queneau.»

«Queneau?» si stupì l'altra «Ma ad ogni ritrovo, ad ogni festa, c'è sempre qualcuno con un Queneau! Mi pare roba per giovani, Queneau, banale direi, ce ne è stata una inflazione, perfino io lo so che è fuori moda e che va bene solo tra i giovincelli che incominciano appena ad entrare in società. Mi pare che anche mia figlia, quando va in discoteca, si porti un Queneau!»

«Vero.» disse con aria astuta Marisa. «Ma quello che le propongo io è... eccezionale. Qualcosa che non credo si sia visto facilmente anche nei ritrovi più esclusivi, qualcosa che di sicuro non è da tutti portare, certo, ma io per lei lo trovo perfetto. Semplicemente, divinamente perfetto.»

«Ma, ma...» balbettò la signora preoccupata «Cosa c'entra con quella disgraziata con tutti quei volumi pesanti e rilegati?»

«Beh, perché è un'opera grandina, un po' ingombrante, diciamo. Intendiamoci, niente che lei non possa portare tranquillamente, specialmente con un personale come il suo, che non ha niente di invidiare a quello di una ventenne. Però non è certo una edizione economica, di poche pagine, da tenere con noncuranza in mano o sotto il braccio.»

«Spiegati, Marisa, ti prego!» implorò la signora tornando soprappensiero al nome di battesimo.

Marisa la guardò per un attimo e poi sparò: «"Cent mille miliards de poemés", e intendo la prima edizione del 1961. È appunto un'opera di grandi dimensioni, rilegata, ma sono certa che lei, con il suo stile e la sua classe, non avrà difficoltà a sfoggiare come merita. Lei sa di cosa sto parlando?»

La signora M. annuì fissando Marisa a bocca aperta: «Sì, ne ho sentito parlare, ma pensavo fosse una leggenda.»

«Nessuna leggenda. Naturalmente, non si tratta di un volume che teniamo in libreria, ma sono in grado di procurarglielo nel giro di una settimana, massimo dieci giorni. E il costo, ovviamente, devo dirglielo subito, è un costo da collezione. Non so quantificarlo con precisione ma di sicuro si tratterà di qualche migliaio di euro.»

La signora fece un gesto nervoso con la mano, quasi offesa: «I soldi non sono certo un problema, cara, dovresti saperlo, e anche i tempi possono andare bene, ma... Non è che sia troppo?»

Marisa sospirò: «No, per lei non è troppo. Se c'è una donna che possa esibire una tale opera con grazia e naturalezza, questa è lei. Mi creda, non glielo proporrei se non fossi sicura di quello che dico. Ormai ci conosciamo da tempo, lo sa: quante volte l'ho delusa o non sono stata all'altezza?»

«Mai, Marisa. Mai.» rispose convinta la cliente, e gli occhi già le si illuminavano pensando alla splendida figura che avrebbe fatto alla cena del console di Francia.

Il taxi accostò al marciapiede davanti alla libreria. Marisa, che aveva accompagnato la signora M. ad aspettare la vettura, aprì la porta dell'auto ma l'altra, prima di montare, volle darle le ultime raccomandazioni: «Allora, cara, per i libri che abbiamo trovato, anche le copie da portare via per i casi di emergenza, mandameli direttamente a casa. Invece, per quello-che-tu-sai, preferirei venirlo a prendere di persona. Anzi, pensandoci bene, no. Non è che potresti portarmelo tu?»

«Come preferisce. Domanderò al cavaliere Grifoni, ma non penso ci saranno problemi.», rispose Marisa che aveva ripreso il tono professionale e il ruolo della semplice commessa.

«Brava. A proposito di Grifoni, ho convinto mio marito a venire qui un giorno della prossima settimana. Ecco, cara, desidero che lo segua direttamente Grifoni. Tu sei brava, cara, ma credo che tra maschi si intendano meglio.»

«Avvertirò il cavaliere, signora.»

«Perfetto. E mi raccomando, devi anche dire a Grifoni di starci dietro bene, perché mio marito da questo punto di vista è un troglodita e, se fosse per lui, girerebbe ancora con i libri di Salgari che gli hanno regalato per la prima comunione.»

«Non mancherò, signora.»

«Bene. Credo sia tutto.» concluse la signora montando nella vettura «Aspetto notizie per... beh, tu sai per che cosa. Arrivederci, cara.»

Marisa chinò il capo con deferenza e in un attimo il taxi fu di nuovo nel traffico cittadino. Quando l'auto scomparve dietro la prima curva, rientrò nella libreria: «Tutto bene, cavaliere, anche questa volta al guardaroba estivo della signora M. abbiamo provveduto egregiamente.» disse piano al titolare che aspettava trepidante e che rispose con un largo sorriso di soddisfazione.

## Ascensore

"...in allegato ti mando la bozza del progetto. I dati non sono definitivi e fino alla loro conferma devono essere considerati confidenziali. Mentre io sono via, dovresti preparare i grafici, le torte, le solite cose per la presentazione. Quando torno, sistemiamo i dati corretti e siamo a posto. Spero sia tutto chiaro, perché come ti dicevo al telefono, nei prossimi giorni sarò completamente off-line, dove vado non avrò possibilità di comunicare né di usare il computer, neanche il cellulare. Se saltano fuori problemi, ma non dovrebbero, vedi tu, in caso, ne riparliamo quando torno. Intanto, ti faccio gli auguri, a te e alla tua famiglia e salutami tutti quelli che vedi. Ci vediamo l'anno prossimo, ciao."

Il dottor Ettore Zucchi diede un'ultima occhiata alla mail, controllò per l'ennesima volta che ci fossero gli allegati e cliccò su 'invia'. Rimase un attimo a fissare lo schermo del pc, poi lo spense con senso di soddisfazione e si mise comodo sulla sua nuova poltrona in pelle scura (vera pelle!), molto professionale ma al tempo stesso calda e confortevole. Guardò l'elegante orologio da tavolo sopra la scrivania: le otto di sera. Domani era Natale. Chiuse il portatile e alla coscienza di questo semplice atto il senso di soddisfazione divenne quasi fisico. Finalmente. Erano anni che non viveva il Natale, le feste, e mentre gli altri festeggiavano, si divertivano o anche solo se la prendevano comoda, lui lavorava, lavorava duro. Stavolta era diverso, stavolta non solo poteva, ma proprio voleva riposarsi, staccare la spina da tutto come da tanto, troppo tempo voleva fare.

Pensando al Natale che non aveva festeggiato l'anno prima, ripercorse mentalmente il periodo trascorso, un anno pesante, impegnativo, faticoso ma al tempo stesso entusiasmante e ricco di soddisfazioni: aveva portato a termine lavori importanti, aveva trovato collaboratori in gamba, aveva anche, bisognava dirlo, guadagnato un bel mucchio di quattrini e aveva raggiunto uno degli obiettivi principali a cui teneva di più, trasferire la sede della sua società in questo palazzo appena costruito, la Torre Tremila, nel cuore del centro dirigenziale della grande città dove, per usare un'immagine trita ma che a lui piaceva tanto, batteva il cuore economico di tutto il Paese.

A dire il vero, la Torre non era finita del tutto, come testimoniavano le grandi 'S' ben visibili, tracciate in bianco sulla grande vetrata da cui poteva vedere le luci negli uffici degli altri palazzi spegnersi un po' alla volta lasciando solo le luci delle scale e dei corridoi quando non ci restava più nessuno. Tutti a casa, è la vigilia!

Anche nella Torre era facile che fosse rimasto soltanto lui, anzi era una cosa sicura perché i servizi di portierato e controllo sarebbero solo partiti solo a metà gennaio, con l'apertura ufficiale della torre. Quindi era solo, era un po' il dominus di quel potente possente castello di acciaio e vetro. E andava bene così: aveva insistito e fatto carte false per trasferirsi entro la fine dell'anno: si era dato questa scadenza e l'aveva mantenuta, a Zucchi piaceva darsi a scadenze e rispettarle, anche se il suo psicoterapeuta, Manfredi, gli diceva che era una fissazione e che doveva imparare ad essere più tollerante e più elastico con sé stesso. "Deve andare più piano, ogni tanto togliere il piede dall'acceleratore..." continuava a ripetergli tutte le volte che lui andava fuori di testa per lo stress, e tutte le volte lui diceva di sì ma poi continuava come prima e lo stesso faceva con il dottor Boemi, un altro che non cambiava mai predica: "Le pastiglie non fanno mica miracoli, sa, dobbiamo anche noi fare la nostra, se va avanti così e con la pressione che ha, il rischio di un bell'infarto potrebbe diventare una certezza, deve imparare a rilassarsi. E dovrebbe anche eliminare, o quantomeno limitare, le cene e i pranzi d'affari, le riunioni a base di cocktail, il caffè, le sigarette e anche... Beh, ci siamo capiti." concludeva con una allusione all'uso di cocaina e anfetamine che il dottore aveva intuito perfettamente ma di cui non avevano mai parlato chiaramente.

Rilassarsi, andarci piano, eliminare caffè, sigarette, coca... La facevano facile, loro. Cosa avrebbe dovuto fare? Era un manager, un bravo e capace manager, e certe cose è chiaro che fanno male, ma diventano, anzi sono, strumenti di lavoro. E poi, mica lo faceva per i soldi, o per il potere, neanche per arrivismo, no... Lui lo faceva per responsabilità. Lui era una rotella magari piccola nell'economia del paese, ma una di quelle rotelle che se non girano fanno fermare altre rotelle. Responsabilità era la parola giusta, e la responsabilità ha un prezzo.

E comunque, questa volta sarebbe stato diverso. Stavolta aveva deciso di rilassarsi, ma sul serio: l'aveva messo tra i suoi obiettivi, e Zucchi i suoi obiettivi li mantiene. Da bella testa pensante qual era, aveva organizzato tutto per bene. Sarebbe andato dalla vecchia zia Pasquina, con cui si sentiva spesso perché le era affezionato e anche perché era la sola parente con cui avesse mantenuto i rapporti. Lei lo invitava di continuo ad andare a trovarla e a passare qualche giorno a casa sua, in un paesino in mezzo alle campagne dell'Umbria. Lui molte volte aveva pensato di farlo, l'idea gli piaceva, ma c'era sempre stato qualcosa di più importante e più urgente da fare, nel suo lavoro le emergenze erano la normalità. Questa però era la volta buona, avrebbe fatto contenti sia Manfredi che il dottor Boemi: rilassamento, fare niente se non essere coccolato dalla zia, starsene al calduccio stravaccato in poltrona, leggere uno dei tanti libri che aveva comprato ma non aveva mai avuto il tempo di aprire, certamente dormire senza mettere la sveglia, forse qualche passeggiata se non avesse fatto troppo freddo. A dirla così, sembrava un programma decisamente noioso, da pensionato, ma per chi per anni non si è mai fermato, anche l'ozio può diventare un'avventura.

Non sarebbe stato facile abbandonare tutto, lasciare a casa il portatile, tenere spento il cellulare, ma così aveva deciso e lui era uno di quelli che quando decidono una cosa la fanno e basta."Potrei addirittura farmi crescere la barba!" pensò mentre si infilava il giaccone.

Prima di uscire dall'ufficio, diede un'ultima occhiata al suo nuovo regno: ogni cosa a posto, come doveva essere, con le carte sulla scrivania bene ordinate, il portatile spento con la spina staccata, l'odore di nuovo della mobilia... Un attimo! Le borse con la roba per i gatti! Se le stava dimenticando, per fortuna le aveva viste! Quelle no, non facevano parte dell'ufficio, erano un acquisto dell'ultimo minuto, quando aveva fatto una pausa ed era sceso per prendere qualcosa al bar. Sulla strada aveva visto un supermercato aperto e gli era venuta una specie di illuminazione; aveva pensato per giorni a che regalo portare alla zia, cosa diavolo si può regalare a una vecchia signora che ha già tutto quello che le serve, anche perché quello che le serve non è certamente molto? Ecco la soluzione: cibo per i suoi gatti (erano due? O forse tre? Non se ne ricordava), di sicuro sarebbe stato un regalo gradito e anche se a lui, personalmente, i gatti non dicevano granché, lui avrebbe preferito i cani, la zia li adorava, e questa era la cosa importante. Così aveva comprato un bel po' di buste e scatolette, praticamente se una cosa aveva un'etichetta con sopra sopra l'immagine di un gatto, lui l'aveva comprata lasciando quasi vuoti gli scaffali e poi si era fatto sistemare gli acquisti in un paio di borsoni con sopra disegni a colori vivaci e se li era portati in ufficio senza passare a lasciarli in macchina col resto del bagaglio. Fortuna che si era ricordato di riprenderli, perché poi, a quell'ora, non sarebbe stato facile trovare un altro negozio aperto dove comprare cibo per animali.

Sul pianerottolo l'ascensore ci mise un po' ad arrivare, ma anche questo fu motivo di soddisfazione per il dottor Zucchi: non è da tutti avere un ufficio alla Torre, ma è proprio per pochi avere un ufficio ai piani alti della Torre! Una volta entrato nella cabina, premete il pulsante del piano sotterraneo, dove c'era il garage, e guardandosi nello specchio si accorse che stava sorridendo: un sorriso vero, di quelli che nascono da dentro, non il sorriso di convenienza che usava abitualmente al lavoro e anche fuori.

L'ascensore si avviò e lui a fare mentalmente il conto alla rovescia del tempo che ci avrebbe impiegato, erano 12 secondi per piano, controllati. Meno 62...61...60... Clong!

"Clong? Come sarebbe, clong?" L'ascensore si era fermato di colpo.

"Vabbè, un blocco dell'ascensore può capitare, non c'è niente da preoccuparsi, adesso riparte." si disse il dottor Zucchi, e si mise a pigiare i bottoni della pulsantiera, ma senza risultato. Dannazione. Questo intoppo ritardava i suoi programmi, era bene che si risolvesse in fretta, non aveva mica tempo da perdere, lui, e stava per arrabbiarsi quando la luce si spense e si ritrovò al buio del tutto. Allora era un blackout. E questo peggiorava di molto le cose, soprattutto perché gli ritornò alla mente quello che gli aveva raccomandato il capocantiere quando si era presentato con la ditta per montare la mobilia: "Dottore, niente in contrario che lei si sistemi l'ufficio ma tenga conto che i lavori non sono completati e che ci sono ancora un sacco di cose da sistemare: l'impianto elettrico e i gruppi di continuità, la rete informatica, i varchi di accesso, tutte queste cose qua. Il collaudo definitivo è previsto per la seconda settimana di gennaio, quando torniamo tutti. Quindi, se vuole venire qua a fare i suoi lavori, sistemare l'ufficio, magari lo faccia quando ci siamo anche noi che possiamo intervenire per qualsiasi emergenza. Io lo so che lei ha fretta e vuole poter lavorare nel suo ufficio il prima possibile, ma io non le posso garantire niente, anzi al contrario dovrei proprio vietarle di accedere allo stabile per conto suo. D'altra parte..." aveva continuato mettendosi in tasca la banconota da €100 che l'altro gli aveva passato con discrezione "L'ufficio è suo, lei è una persona responsabile, sa come comportarsi, solo mi raccomando di stare attento. E se può, soprattutto, faccia a meno di prendere l'ascensore, non vorrei mai rimanesse bloccato dentro." All'anima del portapegola! E adesso?

E adesso, per prima cosa, calma. Lui sapeva bene come comportarsi, si ricordava le slides al corso per la sicurezza che aveva seguito... Quando? Boh, forse cinque, forse sei anni addietro. Comunque, per prima cosa premere il pulsante di apertura porte, è la prima azione, quella che si dimenticano tutti di fare. Accese il telefonino per fare luce e si accorse con una certa preoccupazione di due fatti, entrambi preoccupanti: la batteria era quasi scarica (per forza! aveva utilizzato tutto il giorno il cellulare per lavorare online senza metterlo in ricarica) e, peggio ancora, non c'era nessun campo, cosa peraltro non inconsueta negli ascensori. In ogni caso, pigiò i pulsanti nell'ordine che ricordava: apertura porte; chiusura porte; pulsante stop; bottoni dei piani; chiamata intervento ditta, e buon ultimo, l'avviso di allarme. Purtroppo, nessuno di questi diede un qualche risultato e solo allora, con un rivoletto di sudore lungo la schiena, il dottor Zucchi realizzò quello di cui non si era accorto prima, di cui il suo subconscio aveva rifiutato di accorgersi: la cabina era tutta buia, era spenta anche la luce azzurrina di emergenza, e questo significava che non c'era nessuna, ma proprio nessuna energia elettrica che arrivasse all'ascensore.

Le slides del corso di sicurezza presero a scorrere nuovamente davanti: provare ad aprire manualmente le porte, magari aiutandosi con qualche strumento e facendo bene attenzione a valutare la posizione della cabina prima di cercare di uscire. Niente da fare, riuscì solo a scorticarsi le unghie e gli unici strumenti di cui poteva disporre erano le chiavi di casa e della macchina, che alla prova dei fatti risultarono inutili. Controllò se per caso sul soffitto dell'ascensore ci fosse una botola di servizio. Non c'era. L'ultima cosa da fare, quella della disperazione, non se la ricordava dalle slide, quella gli venne d'istinto: prese ad urlare e battere i pugni sulla porta, a darci calci, si tolse perfino una scarpa per fare più rumore battendola sulla porta e sulle pareti. Nulla. Dentro di sé una voce gli diceva che non c'era nessuno, e in effetti in quel palazzo, a quell'ora, la vigilia di Natale, non ci sarebbe dovuto stare neanche lui.

Continuò a battere, a gridare, a fare più baccano possibile e continuò non sapeva neanche lui per quanto, ormai il cervello era andato in un meccanismo automatico dettato dal panico e, in quella oscurità totale, aveva perso la cognizione del tempo. Ciò nonostante, andò avanti così fino a quando ebbe una specie di crollo e scivolò con la schiena lungo la parete fino a sedersi sul pavimento e lì si mise a piangere.

Tra le lacrime, cercò di capire cosa potesse succedere. Certamente ne sarebbe venuto fuori, solo non riusciva ad immaginare quando. Qualcuno si sarebbe accorto della sua mancanza, no? Uhm. Forse no. Per evitare scocciature, aveva detto in giro che sarebbe andato in ferie per un paio di settimane, però mica poteva dire a soci, clienti e colleghi che se ne andava dalla vecchia zia! Così aveva fatto il misterioso, qualche dire, non dire, non posso dire, qualche allusione vaga, di modo che potevano pensarla come volevano, magari che la destinazione fosse un qualche lontano luogo esotico, presumibilmente con una donna, forse addirittura una donna sposata, tanto si teneva sulle sue e non si sbottonava. L'aveva pensata bene e quindi no, nessuno di quelli l'avrebbe cercato.

E la zia, allora? La zia sapeva che doveva arrivare, le aveva telefonato proprio per dirglielo, specificando che sarebbe arrivato tardi ma che aveva le chiavi di casa. La zia... No, neanche la zia: era vecchia e rimbambita, e anche se si fosse ricordata, le aveva tirato il bidone di dirle che andava e poi non si era fatto vedere tante di quelle volte che non ci avrebbe più fatto caso, non l'avrebbe neanche chiamato, era già successo.

Quindi nessuno, nessuno si sarebbe preoccupato di non vederlo. Si alzò di scatto, riprese a battere le porte e le pareti, a pestare i piedi, soprattutto a urlare, urlare e ancora urlare.

Esausto, si lasciò nuovamente andare, finì a terra come al rallentatore e rimase giù a ripetere "Qualcuno arriverà, qualcuno arriverà" per infinite volte, come il mantra di uno yogi. Ripetendo il mantra, aveva preso a muovere ritmicamente il corpo da sinistra a destra, da destra a sinistra, sbattendo violentemente contro le pareti finché, non sapeva quanto tempo dopo, tornarono le lacrime e dopo un po', assieme alle lacrime, lo prese una specie di sonnolenza che lo portò ad una sorta di incoscienza pesante, senza immagini ma ugualmente angosciosa.

Si ridestò piano, un po' alla volta, con la speranza di risvegliarsi da un sonno di incubi, ma quando aprì gli occhi non era cambiato nulla, si trovava all'interno di quello stesso orribile buio nel quale si era addormentato. Si rialzò respirando a fondo per cercare di fare circolare aria nei polmoni e quindi sangue nelle vene. Sentiva qualcosa di umido e, allungando le mani, si accorse che nel sonno in cui era caduto se l'era fatta addosso. Riprese a urlare, a battere, a fare in ogni modo più rumore possibile, ma senza speranza, ormai era già Natale, e poi c'è Santo Stefano e poi le vacanze, e la gente che va via, a divertirsi, a trovare parenti... Perché mai qualcuno avrebbe dovuto metter piede in quel palazzone non ancora finito, nel mezzo di un centro dirigenziale che già normalmente nei giorni di festa veniva abbandonato, ridotto a un deserto anonimo dove nessuno avrebbe voluto stare?

Di riflesso, volle controllare l'ora sul cellulare, ma si accorse che la batteria era defunta, si era scaricata del tutto, aveva lasciato acceso la funzione router che consuma un bel po' di energia e si era dimenticato anche di attivare il risparmio energetico. Con rabbia, scagliò l'inutile, costoso oggetto contro una parete e nello stesso momento venne preso da una serie di conati di vomito nervosi, dolorosi, che gli fecero rigettare quel poco cibo che aveva mangiato il giorno prima, un toast con un paio di bibite in lattine, ma che sembrava non volessero fermarsi, e che continuarono fino a quando prese a buttar fuori solo succhi gastrici, acidi, che in bocca avevano un pessimo sapore.

Quando lo stomaco si calmò, riuscì a riflettere con un po' di lucidità, come non era stato capace di fare fino a quel momento. Ce l'avrebbe fatta, lo sapeva, lo sentiva, ce l'avrebbe fatta. Era solo questione di aspettare, prima o poi gli operai sarebbero tornati, e lo avrebbero fatto uscire da quell'inferno quadrato senza luce dove si trovava. Doveva solo escogitare il modo per sopravvivere fino a quel momento. Acqua. Cibo. Di questo aveva bisogno, e lo sguardo, anche se in realtà non poteva vedere nulla, si volse verso l'angolo dove sapeva c'erano i borsoni con la roba per i gatti. Al pensiero di doversi nutrire di cibo per gatti, venne preso da un altro, inutile, conato di vomito, però non c'era scelta, il cibo per gatti ha una grossa percentuale di liquidi, questo lo sapeva, e questa era la cosa più importante, l'acqua più del cibo solido. E lì ne aveva una scorta di tutto rispetto, nelle borse c'erano non sapeva quante, forse 200 forse 300 tra buste e scatolette. Sì, poteva resistere, poteva resistere un bel po' di giorni, magari cercando di razionarle. Una piccola parte dentro di lui gli fece le congratulazioni: era tornato a pensare in modo razionale.

Era da un po', non ci aveva badato più di tanto, che lo stomaco, devastato dal vomito di prima, reclamava cibo. Era il momento, doveva farsi il coraggio e mangiare quella roba. "Sopravviverò!" fu il pensiero che lo portò ad andare a tentoni a frugare nelle borse e a tirarne fuori una busta e, dopo qualche secondo di indecisione, a strapparla nel lato alto, dove sentiva che c'era l'apposita scanalatura: l'odore era disgustoso ma l'alternativa sarebbe stata l'inedia. «Sopravviverò!» disse questa volta ad alta voce, e senza ulteriori indugi si versò un bel po' del contenuto della busta sul palmo della mano e mangiò il primo boccone.

Il dottor Zucchi apri gli occhi, ma stavolta si accorse che non era buio, e non era seduto sul pavimento dell'ascensore: era sdraiato su un letto soffice, sotto una coperta leggera, e una luce debole ma calda illuminava il posto. Scostando un po' la testa dal cuscino, si accorse della flebo nel braccio. Ricordò vagamente, a spezzoni, di quando l'avevano tirato fuori dall'ascensore, ricordava vagamente che avessero detto qualcosa della sporcizia, della puzza, ma lui non ci aveva badato. Voci che dicevano che era denutrito, che bisognava portarlo subito in ospedale, ed era proprio là, che si trovava adesso. Con un sorriso di riconoscenza non sapeva bene neanche lui verso che cosa, si riaddormentò di un sonno profondo.

«Guardi, dottor Perini, se mi ha fatto venire qua per una fesseria o per uno scherzo da idioti, giuro che è la volta che la rispedisco al reparto infettivi!» disse quasi sputando con rabbia il primario professor Merendola entrando nella stanza 37C, dove un medico lo aspettava in piedi a fianco del letto dove stava dormendo Ettore Zucchi.

Il dottor Perini, visibilmente a disagio, balbettò qualcosa del tipo «No, professore, guardi anche lei...» e porse al suo superiore, con mano quasi tremante, la cartella clinica del paziente.

Il primario afferrò con gesto sgarbato la cartella, diede un'occhiata rapida, esperta, alle radiografie, alle tac, alle analisi del sangue e alle altre carte e di colpo si fermò, controllò quello che aveva appena letto strabuzzando gli occhi e rimase a bocca aperta prima di girarsi di scatto verso il dottor Perini guardandolo come se volesse incenerirlo. Buttò sul letto i documenti, scostò quasi con violenza l'altro e, sistematosi lo stetoscopio, prese ad auscultare il cuore, il torace, i polmoni, la gola, tutto insomma del corpo del paziente, che per quanto lo riguardava, anche se sballottato dal medico e dagli infermieri che lo aiutavano e lo giravano seguendo gli ordini del medico, continuava a dormire profondamente.

Mentre procedeva con questi controlli, la sua espressione da inferocita mutò un po' alla volta in dubbio prima e incredulità poi. Alla fine, si allontanò dal letto e fissò di nuovo il dottor Perini, ma stavolta lo sguardo era di stupore e timore reverenziale assieme: «Ma... Non è possibile!»

«No, professore, non è possibile.» confermò a capo chino il sottoposto.

«Voglio dire, non è anatomicamente possibile!» e riprese a esaminare le radiografie e tutto il resto con sguardo attento, da inquisitore. Poi, lasciate le carte, prese ad auscoltare nuovamente il paziente finché, come uno che dovesse a malincuore ammettere una sconfitta, si rivolse all' altro medico: «Ma, ma... dottor Perini...» la voce gli usciva come in un debole soffio «Questa è una cosa... Quest'uomo, quest'uomo...»

«Sì...» rispose l'altro con aria infelice, sempre a capo chino «Sì, professore, sì, sono d'accordo, non è possibile, però dopo tutti gli esami fatti, le analisi, i controlli non ci possono essere dubbi: quest'uomo sta facendo le fusa.» e la voce era tremante, come se dovesse mettersi a piangere da un momento all'altro.

## Cavallette

Accostai e fermai la macchina al bivio, cercando un posto all'ombra degli alberi perché su quelle colline, a quell'ora, faceva piuttosto caldo.

L'uomo era già là, seduto sul bordo di un viottolo sterrato, lo avevo già inquadrato salendo verso il costo.

Trovato un posto all'ombra, abbassai i finestrini perché passasse un po' d'aria e guardai Anna negli occhi: "Bene, io adesso vado, concludo l'affare e torno. Mi raccomando, stai in macchina e non ti muovere, in caso chiamami col telefonino."

Lei si avvicinò per un bacio: "Va bene amore, ma stai attento."

"Non c'è problema, andrà tutto bene, vedrai."

Ci scambiamo un ultimo bacio e poi io mi avviai, da solo, lungo la strada sterrata. Faceva caldo ma la brezza che arrivava dal mare rinfrescava e io camminavo con piacere in quelle colline che però, in altri momenti, mi sarei goduto molto di più.

L'uomo di sicuro mi aveva sentito arrivare ma faceva finta di niente, se ne stava seduto con un filo d'erba fra i denti, a guardare il cielo, il mare, le nuvole come se non avesse altro da fare. Man mano che mi avvicinavo, potevo distinguere sempre meglio i suoi lineamenti, che conoscevo bene, per averli visti tante volte al cinema. Era stato un bravo attore fino a una decina di anni prima, ma non era stato solo un attore, nella sua vita aveva fatto un po' di tutto, dall'allibratore al pugile al cantante blues, e si era ficcato in un sacco di guai prima che un regista lo notasse in una comparsata e decidesse di portarselo sul set. La sua carriera di attore però era finita quando ad un party a Beverly Hills aveva rotto il naso con un cazzotto a uno dei più influenti produttori di Hollywood, aveva ficcato la testa di un regista nel water e aveva tirato l'acqua e alla fine aveva preso a bottigliate in faccia un paio di premi Oscar facendoli finire all'ospedale.

Dopo quella storia, aveva raccolto i soldi che aveva messo da parte e che non si era ancora mangiato al gioco, con le donne o con altre piacevolezze affini e si era trasferito qua in Italia, a vivere in un posto isolato, su questa collina a metà tra i monti e il mare e aveva cercato di farsi dimenticare. Aveva anche cambiato nome, Corvo Bertrando, si faceva chiamare adesso.

Ormai ero giunto abbastanza vicino per distinguere bene le cicatrici sul suo viso da uomo duro. Mi sedetti accanto a lui che non sembrò neanche vedermi e mi misi anch'io a fissare il mare. Restammo zitti per un po', poi fu io a rompere il silenzio: "Dicono in giro che tu hai una macchina per capire il linguaggio delle cavallette."

"Può darsi."

"E io in macchina ho una scatola piena di cavallette."

"Buon per te."

"Io dico che le due cose possono andare assieme."

"Può darsi."

"E in tasca ho una busta che dice la stessa cosa."

"Quanto dice?"

"Diecimila."

"Si può fare."

Si girò verso di me, io mi girai verso di lui e per la prima volta ci guardammo in faccia. E ci stringemmo la mano.

≈≈≈

Ritornati nel villino che avevamo preso in affitto, nel piccolo borgo di Castelmazzo, Anna preparò un caffè mentre io sistemavo su un tavolinetto del soggiorno la scatola con le cavallette e la macchina per parlare con loro. Mentre finivo di collegare i cavi, Anna arrivò col caffè. L'aroma era forte, 'il caffè più buono che c'è', lo chiamavamo. Posò il vassoio e mi baciò: "Amore, ti vedo preoccupato. Qualcosa non va?"

Io annuii: "Sai, Bertrando mi ha fatto un discorso strano. Mi ha detto che la gente del borgo, questi qua, sono tipi strani e che non vogliono che qualcuno parli con le cavallette."

"Perché?"

"Non lo so. Però Bertrando mi ha detto di stare attento, e non aveva proprio l'aria di uno che scherza quando mi diceva queste cose."

"Non è che volesse farti cambiare idea?"

"Ma, non credo, soprattutto perché queste cose me le aveva dette dopo aver intascato i quattrini, quando non potevo più tirarmi indietro."

"Vabbè, saremo attenti." concluse Anna, e mi diede un altro bacio.

≈≈≈

"Stronzate. Possiamo anche fare a meno di registrare questa roba."

Anna mi guardò e fece di sì con la testa con aria delusa. Avevamo attivato la macchina e ora dall'amplificatore potevamo sentire quello che dicevano le cavallette, ma erano solo banalità, stupidaggini. Quando si erano accorte di essere registrate, avevano smesso di saltare da una parte all'altra della scatola di plexiglass dove stavano e avevano incominciato a chiacchierare tranquillamente, come delle signore al bar davanti a una cioccolata. Ma i discorsi non erano per niente interessanti: una parlava della stagione, e di come il suo colore stava virando dal marrone chiaro al verde brillante, un'altra si lamentava che nella scatola non si poteva saltare più di tanto se no si sbatteva la testa, un'altra brontolava perché secondo lei il grano non aveva più sapore di una volta... Stronzate, insomma.

Con un sospiro, Anna spense il registratore dello smartphone.

"No amore," dissi io "tienilo acceso: adesso vediamo di fare cambiare tono a queste signorine."

Invertii il flusso della macchina e fu il mio turno di parlare alle cavallette: "Ehi, voi. La smettete di prendermi in giro?"

Le cavallette si fermarono per un attimo e mi guardarono come se si fossero accorte solo allora della mia presenza.

"La smettete di dire cazzate e vi decidete a fare discorsi seri?"

Fecero tutta una mossa come per scrollare la testa e tornarono a fare le cose di prima, senza badarmi.

"Signorine," le interruppi di nuovo "tenete conto che qua in casa noi abbiamo una lattina di olio extravergine e una friggitrice..."

Si zittirono di colpo. La minaccia mica tanto velata aveva fatto effetto. La cavalletta più grossa, di un colore verde scuro, probabilmente il capo, si rivolse direttamente a me: "Cosa vuoi da noi, umano?"

"Voglio sentirvi parlare di cose serie, non di quelle stronzate di cui avete blaterato finora."

La cavalletta capo mi fissò con odio, poi si girò verso le altre e fece un cenno con le antenne. Le altre risposero con un cenno simile e finalmente incominciarono a parlare di argomenti importanti.

Corvo Bertrando lasciò squillare un bel po' il cellulare prima di rispondere. Aveva il mio numero, quindi sapeva chi chiamava.

"Che vuoi?"

"Ehi, Corvo, che cos'è questa storia delle cavallette e di quello che chiamano 'don', o qualcosa del genere. Tu dovresti saperlo, che roba è questo 'don'. Io non riesco a capire questa parola, deve essere una roba loro ma tu, tu dovresti saperlo, giusto, Corvo?"

"Ah beh, sì..." potevo sentire il suo imbarazzo anche al telefono. Strano, perché non avevo mai pensato a lui come a uno che potesse essere imbarazzato.

"Niente di che... 'don' significa don, e basta. È una abbreviazione che loro usano per indicare il prete, sai, Le cavallette ce l'hanno con i preti, che vanno a benedire i campi perché loro non ci vadano a mangiare..."

Lo interruppi di brutto: "Non prendermi per i fondelli, Corvo! Ci ho pensato anch'io, non sono mica scemo, ma ci sono cose che non mi quadrano. Le cavallette parlano di questo 'don'come parlassero del demonio, con odio, un odio che si portano dietro da chissà quando, troppo odio solo per i preti! Sputa il rospo, Corvo!"

"Senti, coso, non mi ricordo il tuo nome, mi sei simpatico; quindi, cercherò di essere sincero con te. Forse non ti posso dire tutto ma quello che ti dirò ti deve bastare."

"Ti ascolto, Corvo."

"Hai capito male la parola, coso. Sbagliano tutti. Non è 'don'. È 'dom'."

"'Dom'? E allora? È sempre un titolo ecclesiastico, no? Sempre roba da preti, anzi da frati, come il dom Perignon che inventò lo champagne, no?"

"No, cosa. 'dom'sta per dominus."

"Dominus... Vuoi dire... Dio? Il Signore e creatore dell'universo? L'Onnipotente, l'Essere Supremo, quello là insomma?"

"Proprio lui, coso."

"E perché ce l'hanno tanto con Dio?"

"È una cosa biblica, sai, loro sono sempre state quelle che Dio mandava quando voleva far del male agli uomini, una specie di maledizione, che ha reso la loro specie una delle più odiate dagli uomini e dagli animali, neanche gli altri insetti nel corso dei millenni hanno più voluto avere a che fare con loro. Un po' di ragione ce l'hanno, non pare anche a te?"

"Beh, insomma... In effetti... Ehi, Corvo, scusa, stanno bussando, devo andare a vedere chi è. Ti saluto."

"Stai in campana, coso, stai in campana." furono le ultime parole che udii da lui prima di chiudere la conversazione.

Andai ad aprire la porta e mi trovai di fronte tutta la gente del borgo, con il parroco in testa.

≈≈≈

Quando ci rilasciarono e io e Anna uscimmo all'aperto, la luce del sole ci colpì gli occhi come una pugnalata. Avevamo passato due giorni e due notti rinchiusi in una specie di cantina sotto il campanile della chiesa, completamente al buio, senza che ci dicessero niente. Un paio di volte ci avevano portato delle ciotole con roba da mangiare e una caraffa d'acqua, e non riuscivamo a capire che cosa volessero da noi.

Nemmeno quando fummo fuori nessuno ci disse niente. Ci spinsero sul sagrato della chiesa in malo modo, quasi ci facevano cadere e fu il parroco a venirci incontro. Gettò a terra i cellulari che ci avevano portato via e noi li raccogliemmo senza avere il coraggio di dire niente. Con uno sguardo avevo visto che di fianco alla chiesa qualcuno aveva portato la nostra auto.

Guardai Anna, che si vedeva che stava per mettersi a piangere, o a gridare, ma riusciva a trattenersi. Io mi misi a controllare le condizioni del cellulare e fu allora che il parroco parlò: "Sono a posto, li abbiamo anche caricati. Naturalmente, abbiamo cancellato le registrazioni. Non è una cosa buona che gli uomini sappiano di cosa parlano le cavallette. E adesso andatevene." Il suo tono era duro, cattivo.

Io feci di sì con la testa, come per dire che ero d'accordo, anche se non sapevo bene perché. Presi Anna per la vita e ci incamminammo verso l'auto. Di fianco alla vettura, notai un ammasso di latta, valvole e cavi elettrici e non feci fatica a riconoscere la macchina del Corvo, fatta a pezzetti, ridotta ad un'inutile ferraglia irrecuperabile. La cosa, devo dire, non mi meravigliò, c'era una parte di me che mi stava dicendo che lo sapeva, che lo sapeva fin dall'inizio che quella storia sarebbe finita male.

Vicino ai rottami della macchina traduttrice, c'erano anche le lastre della scatola di plexiglass, anche queste fatte a pezzi. Fu Anna a girarsi e chiedere: "E le cavallette? Che ne avete fatto?"

Il parroco rispose con un ghigno divertito e malvagio al tempo stesso: "E cosa pensate di aver mangiato in questi giorni?"

Il silenzio, Anna e io montammo in auto e ce ne andammo, senza avere il coraggio di guardare dietro la gente del borgo che si era radunata sul sagrato e stava controllando che ce ne andassimo e senza nemmeno la voglia di parlare fra di noi.

≈≈≈

Era trascorso quasi un anno. L'uomo era sempre là, seduto allo stesso posto sul bordo della strada sterrata, a guardare il mare, il cielo, le nuvole con il solito filo d'erba fra i denti. Mi sedetti e rimasi in silenzio anch'io, a guardare quel panorama che per quanto bello non aveva bei ricordi per me.

Fu il Corvo a rompere il silenzio: "Ti avevo avvertito che con le cavallette poteva finire male." disse senza girarsi a guardarmi.

"Già. Avevi ragione." ammisi io continuando a guardare davanti a me.

"E adesso cosa vuoi?"

"Hai altre macchine?"

"Può darsi. Tu hai i soldi?"

"Sì."

"Che bestie?"

"Scarafaggi."

"Si può fare."

## Io rubo molle (intermezzo padovano)

Era tornata. Era tornata la scritta, intendo. Eccola là, sul muro alla fine del portico, proprio dove era sempre stata, e le stesse, identiche parole scandite con uno spray nero risaltavano sulla superficie di colore giallo sporco: 'IO RUBO MOLLE'.

Non riuscivo a staccare gli occhi da quella frase, dal significato che non avevo mai capito, su cui tanti si erano scervellati cercando di trovarne un senso, una ragione.

Quella scritta era rimasta in quel posto per anni, decine di anni, ultima sopravvissuta della moltitudine di scritte che tanto, tanto tempo prima avevano ricoperto le mura di tutta la città.

Erano giorni ormai lontani, quando la rabbia, gli ideali, le speranze, le lotte, le gioie e le paure che attraversavano e vivevano in migliaia e migliaia di giovani prima diventavano slogan urlati nei cortei e le stesse voci rimbalzavano poi per le vie e le strade e alla fine creavano una eco permanente di parole scritte su scuole, chiese, condomini, insomma dovunque ci fosse un po' di spazio libero per accogliere un motto, una parola d'ordine, un insulto, una minaccia oppure anche, ma meno spesso, una battuta spiritosa o un pensiero d'amore.

E poi le parole, le frasi si sovrapponevano, venivano corrette, cancellate, riscritte più e più volte da altri giovani che la pensavano in modo differente, e c'erano persino dei botta e risposta, accuse e contro accuse, così che in un certo senso le scritte diventavano vive, avevano una propria storia, una storia raccontata da tutte quelle, tante, persone che nella notte giravano per la città per avere l'opportunità di dire la loro con la complicità di una bomboletta spray.

In seguito, gli animi si erano calmati, o per meglio dire assopiti, anche gli ideali si erano raffreddati quando non erano morti del tutto o magari, semplicemente, quei giovani erano cresciuti e pensavano ad altre cose. Così le scritte, un po' alla volta, quasi al rallentatore, erano scomparse dai muri per lasciare posto, anni dopo, a graffiti e disegni che però non sembravano voler dire più niente.

Invece quella particolare scritta aveva resistito, intoccata e ben visibile, pertanto, tanto tempo, era stata una delle ultime a scomparire ma ora, come in una strana magia o in un viaggio nel tempo, una mano anonima l'aveva fatta rivivere.

Ero assorto nei ricordi che mi portavano indietro, verso una vita lontana nel tempo, quasi dimenticata, quando i miei pensieri vennero bruscamente interrotti da uno stridore di freni vicino a me. Mi girai e vidi che al mio fianco si era fermato un tale sopra una bicicletta che definire in cattivo stato era farle un complimento. Mi fece un cenno con la testa e io feci altrettanto. Poi anche lui si mise a guardare la scritta.

Aveva barba e capelli lunghi, e portava un paio di occhiali con una grossa montatura scura e spesse lenti che tradivano una pesante miopia. Indossava una giacca a vento color verde scuro, un paio di blue jeans scoloriti e delle scarpe di pelle scamosciate che sotto le macchie e lo sporco si potevano intuire essere state, tempo prima, di color grigio chiaro.

Mi strinsi nel loden che mi ero deciso a tirare fuori, vista la mattina fredda, umida e nebbiosa di un autunno che si credeva già inverno e le mie riflessioni presero una nuova strada. Chi era quel tizio? E perché si era fermato? Ci conoscevamo, forse? In effetti, mi pareva una faccia già vista, chissà dove, chissà quando. Ma potevo benissimo confondermi, ormai ho una certa età, e se era realmente qualcuno che aveva conosciuto, era successo di sicuro molto tempo prima ed era inutile che cercassi di frugare nella mia memoria ormai tarlata. Oppure, più semplicemente, poteva anche essere uno che mi aveva visto lì fermo in piedi e che si era fermato solamente per chiedermi qualche euro, la cosa non mi avrebbe certo meravigliato, soprattutto tenendo conto del suo aspetto e di quello della bicicletta che sembrava essere stata recuperata da un qualche ferrivecchi. Però quella faccia mi pareva proprio di averla già vista.

Comunque fosse, anche a costo di sembrare scortese, rimasi zitto, non mi piace fare la figura di quello che non si ricorda delle persone, in fin dei conti era lui che si era fermato.

Con il viso appena girato verso il nuovo arrivato, lo stetti a guardare mentre questo, seduto sul suo catorcio a pedali, senza dire una parola tirava fuori da una tasca interna della giacca un pacchetto di sigarette, ne estraeva una, se la accendeva, dava un paio di rapidi tiri e poi, voltandosi del tutto verso di me, mi porgeva il pacchetto - di colore bianco, con una grande ‘N’ di colore blu sopra - per offrire una sigaretta anche a me. Io sorridendo leggermente scossi la testa e dissi: «No, grazie.»

Lui inarcò un sopracciglio e mi guardò con curiosità.

«Ah. Hai smesso?»

Uhm. Quell' 'hai smesso' mi fece capire che si, noi due eravamo stati in contatto, e che lui mi aveva riconosciuto, che sapeva chi ero, ma io invece non sapevo proprio chi potesse essere lui. Memoria tarlata, appunto.

«Una volta eri una ciminiera.» proseguì «Non credevo proprio che un giorno tu smettessi di fumare.»

«Infarto.» feci io «Cinque anni fa.»

«Ah. Capisco.» E tornò a fissare la scritta sul muro.

«È tornata.» disse a un certo punto.

«Sì, è tornata.» ripetei io.

«Sai, io ricordo quando non c'era. Quando non c'era la prima volta, intendo. Saranno quanti... mah! Tanti anni fa, di sicuro... 40, 45 forse.»

«Di più.» intervenni io «Lo so perché mi rammento che passavo di qua spesso, quasi ogni giorno, per andare al lavoro la mattina presto, e la vedevo sempre là.»

«Già...» riprese l'altro annuendo «Ci passavo davanti anche io un mucchio di volte, di mattina, di sera, e anche di notte, sia da solo che con altra gente, quando andavamo fuori, o ci buttavano fuori, a seconda dell'ora, dall'osteria dall'altra parte del canale. Te la ricordi, eh, l'osteria alla Frasca?» mi chiese sorridendo e strizzando un occhio.

Feci di sì con la testa. La Frasca. Certo che me la ricordavo. Una vecchia osteria dove si poteva bere con pochi soldi, frequentata da vecchi pensionati e giovani studenti che in comune avevano solo le tasche spesso vuote e in ogni caso mai più di tanto piene. Niente di strano che non lo riconoscessi, in quel posto ci andava un mucchio di gente, me compreso naturalmente, e bastava un bicchiere o una parola per diventare amici e passare intere serate a bere, fumare, filosofare di politica, discettare dei massimi sistemi, litigare su come costruire una società migliore, sparare cazzate, fare casino.

Con il vino, la birra, anche con gli spinelli che venivano passati sotto lo sguardo tollerante quando non complice dei padroni, con tutto questo insomma non era difficile in quel locale conoscere qualcuno, diventare amiconi per la pelle, passare tutta la sera assieme, giurare di non perdersi di vista e la mattina dopo non ricordarsi nemmeno né il nome né la faccia di quella persona.

«Che poi, da quella volta,» stava continuando il ciclista «boh, è rimasta là e nessuno l'ha più toccata per tutti questi anni, è rimasta dove era nata e non è mai stata cancellata e neanche coperta... Guarda che è strano, sai: ad un certo punto c'è stata una specie di riflusso, e la gente ha smesso di scrivere sui muri, hanno dato il colore e i muri sono tornati bianchi, ma 'IO RUBO MOLLE' continuava a starsene là, per noi era diventata una specie di monumento.»

«Sì, anche per me è stata così.» mi sentivo più a mio agio, con quel riferimento alla Frasca avevo capito che il tipo non era proprio un estraneo e che evidentemente tanti, tanti, tanti anni fa le nostre vite si erano incrociate in quella vecchia, sporca, fumosa, meravigliosa osteria, «Anche per me era una specie di monumento, anzi un punto di riferimento, un qualcosa che quando passavo ero contento di vedere che c'era ancora. E ci sono stato male quando mi sono accorto che tutto il palazzo era stato ridipinto, portico compreso.»

«Beh, diciamo che comunque, per una scritta sul muro è durata anche troppo. Voglio dire, queste non sono cose eterne, prima o poi arriva sempre qualcuno che passa una mano di colore, non ci piove. C'è invece da chiedersi come mai è rimasta là per tanto tempo.»

«Mah, forse il motivo è che i condòmini non volevano spendere soldi per imbiancare solo il portico.» ipotizzai io scrollando le spalle «Magari hanno aspettato fino al momento in cui hanno dovuto per forza ridipingere l'intero palazzo, o fino a quando sono arrivati i finanziamenti dal Comune. E poi, nessuno ci ha mai messo le mani anche perché era una scritta innocua. Anomala, strana, certo, surreale anche, ma innocua: non era uno slogan, non era un insulto, non si rivolgeva a niente e nessuno... 'IO RUBO MOLLE'... Non ho mai capito cosa volesse dire. Ne ho parlato tante volte con gli amici, con la mia compagna, abbiamo tirato fuori le ipotesi più fantasiose, ma niente da fare. Non siamo mai arrivati a trovare una spiegazione decente. 'IO RUBO MOLLE'... Tu hai capito che cosa volesse dire?»

Il tizio sembrò rifletterci sopra e si accese una seconda sigaretta, lentamente, come per prendere tempo prima di rispondere.

«Uhm. No... Non ho mai capito bene neanche io cosa volesse dire. E sì che io dovrei saperlo...» fece una pausa e si girò verso di me con uno strano sogghigno e una strana luce, da furbetto, negli occhi dietro le lenti.

«Dovrei saperlo perché...» scrollò le spalle «Beh, perché l'ho scritta io, l'ho scritta. Sono io quello che ha scritto ‘IO RUBO MOLLE’ la prima volta.»

Rimasi a bocca aperta e lo fissai a lungo, incredulo, e combattuto se credergli oppure no, magari era solo un contaballe, uno di quelli che si inventano le cose per diventare interessanti. Lui sembrò leggermi nel pensiero e continuò: «Sì, sì, sono proprio io, non sto scherzando. Guarda, mi ricordo che c’era una nebbia che non si vedeva niente, faceva freddo e c’era un’umidità che pareva piovesse da sotto, come stamattina, per intenderci, solo che era più freddo, più umido ed era di notte. Mi ricordo che decisi di scrivere proprio qui, sotto questo portico, un po' perché il muro era bello, pulito, non c'era scritto niente, e trovarne uno così era già una botta di culo a quei tempi, un po' perché pensavo si sarebbe asciugata bene, meglio che su una parete esterna...»

Richiusi la bocca che mi era rimasta spalancata: «E..., perché? Perché ‘IO RUBO MOLLE’? Cosa volevi dire con quella frase? Rubavi delle molle per davvero?»

«Uff...» il ghigno era sparito, adesso teneva gli occhi bassi, fissi sul manubrio della bicicletta, come se si vergognasse «Io... io ti ho detto che dovrei saperlo, non che lo so.»

Mi abbassai in cerca di incrociare il suo sguardo sotto la testa che teneva china. Lui rialzò piano il capo ma senza avere il coraggio di guardarmi in faccia: «Porca miseria, lo sai anche tu come vanno queste cose... Eravamo là, alla Frasca, avevamo deciso di andare a scrivere qualcosa da qualche parte, ma... Boh, è successo che ci abbiamo dato dentro col vino, qualche grappetta, qualche canna, che all'epoca te lo ricordi anche tu che si poteva, eh, mica come adesso... Insomma, è finita che siamo rimasti a bere fino a quando hanno chiuso, e poi non avevamo voglia di andare da nessuna parte, gli altri sono tornati a casa e io, che ero troppo fatto per avere sonno, ho girato per un po'. Avevo la mia bomboletta spray nel tascapane e quando sono arrivato qua... Beh, l'ho tirata fuori e ho scritto su quel muro, come ti ho detto.»

«Ma perché,» insistei io «perché proprio ‘IO RUBO MOLLE’? Che cosa intendevi dire?»

«E che cazzo ne so!» sbottò il tizio tirando quasi con rabbia la cicca della sigaretta in mezzo alla strada «Non lo so, veramente, te l'ho detto che ero fatto, già tanto che alla mattina mi sono ricordato di averlo scritto, e me ne sono ricordato perché mi sono svegliato e mi sono accorto che avevo le punte delle dita con sopra della vernice nera... Che poi anch'io me lo sono chiesto, ma non lo so, proprio non so cosa mi fosse passato per la testa quella volta, forse era una cazzata che era venuta fuori in osteria, forse volevo scrivere qualcos'altro o forse dovevo aggiungere qualcosa e poi l'ho lasciata là ed è rimasta come è rimasta. Boh. Ci ho pensato un mucchio di volte, praticamente ogni volta che passavo di qua, Ma niente, non me ne ricordo proprio, di quello che volevo dire, Ammesso e non concesso che poi volessi veramente dire qualcosa.»

«Ma, allora...»

«Allora...» adesso sembrava piuttosto arrabiato «Allora tò, fuma! Tu non sai cosa vuol dire 'IO RUBO MOLLE', io non so cosa vuol dire 'IO RUBO MOLLE', nessuno sa che cazzo vuol dire 'IO RUBO MOLLE'! Magari bisogna chiederlo a quello che dopo tanti anni ha scritto di nuovo 'IO RUBO MOLLE' nello stesso posto e nello stesso modo in cui l'avevo scritto io... Magari lui ci ha capito qualcosa, perché io, io è vero che non so perché ho scritto quella roba, però vorrei tanto sapere a chi cazzo e perché è saltato in testa a qualcuno di scrivere di nuovo 'IO RUBO MOLLE'! Che cazzo aveva in mente questo?»

«Eh già, bella domanda anche questa!» risposi io, e feci spallucce con indifferenza anche se non riuscii ad impedire che il mio sguardo lanciasse una rapida occhiata al bidone delle immondizie dall'altra parte della strada dove, la notte prima, avevo buttato la bomboletta spray che avevo adoperato.

«Vabbè, sarà niente, no, c'è di peggio nella vita...» disse lo sconosciuto come per chiudere il discorso.

Si accese un'altra sigaretta ancora, mi diede una pacca sulle spalle, forse con un po' troppo di confidenza per i miei gusti «Dài, andiamo alla Frasca a farci uno sprizzetto...»

«La Frasca non esiste più da una vita,» mormorai «adesso è una pizzeria.»

Ma l'altro non mi sentiva neanche, se ne era già andato e io rimasi là, a guardare il fantasma di me stesso da giovane che pedalando svaniva nella nebbia, per andare a bersi uno sprizzetto in una osteria che ormai era solo un ricordo.

*Dedicato all'anonimo che negli anni ‘70 tracciò la scritta ‘IO RUBO MOLLE’ in riviera Tiso da Camposampiero a Padova*

## Esodo

Mi aggiro per le stanze vuote e non so come vivere questo deserto, cosa provare di fronte alla miseria che vedo. Hanno portato via quasi tutti i mobili, almeno quelli messi bene, e hanno lasciato in qualche angolo solo quelli che non si possono recuperare, sedie senza una gamba, scaffali di legno sfondati, cose del genere.

Sulle pareti che una volta erano bianche e che col tempo, abbandonate, sono diventate di un grigio sporco, quasi una patina del tempo che passa, risaltano chiari gli aloni lasciati da calendari, quadri, tabelle che stavano là appesi, sembrano delle tele in attesa di un pittore che non verrà.

Le finestre delle stanze e dei corridoi sono aperte, tanto per far girare un po' di aria, una cosa inutile a pensarci visto, visto che tra qualche giorno arriveranno le ruspe a buttare giù tutto.

Vado su al primo piano, per la scalinata larga che conosco bene e che, quando da bambino mio padre mi ci aveva fatto salire per la prima volta, mi aveva intimorito tanto era imponente, e mi ero perso nella fantasia immaginandomi come lungo quelle scale una volta dovesse esserci un tappeto rosso con bordatura d'oro, calpestato dai nobili piedi di signori, guerrieri, gran dame, tra risate, concioni e tintinnare di spade.

Bei tempi, quelli, quando io ero ancora capace di sognare, quando ancora rimanevo a bocca aperta davanti alla bellezza, alla luce del sole che entrava dai finestroni del corridoi, ai colori delle farfalle che si posavano sulle piante dei balconi, anche queste, come loro, di colori sgargianti. Il grigiume è arrivato un po' alla volta, crescendo nelle nostre anime prima ancora che nel palazzo.

Quando arrivo al primo piano, a metà del corridoio vedo Luca che sta appoggiato al muro a fumare una sigaretta. Sente il rumore dei miei passi, si gira e mi fa un cenno con la testa, e se ne resta là, a fissare lo stesso nulla che stava guardando prima. Camminando piano, non c'è nessuna fretta, gli arrivo vicino: "Ma non avevi smesso di fumare, tu?"

"Avevo. Ne vuoi una?", mi chiede tirando fuori un pacchetto pieno a metà. Io ci penso un po', ma poi scrollo le spalle e prendo la sigaretta che mi viene offerta. Senza che nessuno dica altro, Luca rimette il pacchetto in tasca, tira fuori un accendino e io faccio la prima aspirata, accompagnata da un colpo di tosse, sono diversi anni che ho smesso col tabacco. Mi appoggio anch'io alla parete, di fianco a Luca e restiamo a fumare in silenzio, a guardare il vento che entra dalla finestra e sul pavimento ogni tanto fa giocare un pezzo di carta straccia, un grumo di polvere, piccole immondizie e altre cose strane che sono rimaste per terra in tutte le stanze, corridoi, scale del palazzo, i tipici resti di un trasloco, quei rifiuti indefiniti e indefinibili che testimoniano che là, prima, c'era qualcosa, e non ci facciamo nessuno scrupolo ad aggiungere un po di sporco lasciando cadere sul pavimento la cenere delle sigarette.

Ci giriamo perché sentiamo un ticchettio, è la segretaria che sta salendo dallo scalone opposto a quello da dove sono salito io. Viene avanti: "Buongiorno Mario, Buongiorno Luca. Tutto bene?"

Luca e io scrolliamo le spalle quasi in sincronia: "Bene, si. E tu, Marta? Tutto a posto?"

Marta sorride triste e scuote la testa. Io penso che Marta è nel suo habitat, sta bene in mezzo a quella desolazione: Marta è un pezzo che è diventata una specie di desolazione, e se quando è arrivata qua ci teneva a vestire elegante e a truccarsi, poi andando avanti con gli anni e diventando sempre più scarse le possibilità di trovare un marito o un compagno, aveva preso a trascurarsi, a lasciarsi andare e poi alla fine aveva rinunciato del tutto, anche a portare avanti la sua zitellaggine con dignità, e il risultato era quello che era adesso, una donna dall'aria spenta, con i capelli grigi appena appena sistemati, vestita con maglioni slavati e un po' lisi, una gonna grigio fumo sopra le calze nere e le scarpe col tacco basso, un coordinato che ora si adattava alla perfezione in quel palazzo svuotato e sporco.

"Siamo rimasti in pochi, ormai." ci dice Marta.

"I meglio." ghigna Luca buttando a terra la cicca e spegnendola con la scarpa, quasi con rabbia.

"I rimasugli." dico invece io, e mi meraviglio del mio tono, che non è né arrabbiato, né deluso né altro, è solo piatto, la voce di un estraneo a cui non importa niente di quello che succede.

"Ma come mai ci fanno ancora venire qui?" chiede Marta. "Voglio dire, non abbiamo niente da fare, ormai. Che cosa vogliono? Perché dobbiamo ancora venire qua, ogni giorno, stare qua tutte le nostre ore e poi andarcene senza aver fatto niente di niente? magari fuori potremmo trovare qualcosa da fare, dare una mano, qualcosa per non essere inutili. Inutili del tutto, intendo."

Guardo Marta con attenzione e mi accorgo che lei non ha ancora capito. O, se ha capito, nega la cosa. Per quello non rispondo niente, e neanche Luca dice qualcosa, si è solo acceso un'altra sigaretta e sta guardando il cielo fuori dalla finestra.

Dopo un po', come se fossimo tre amici che se ne vanno a zonzo senza una meta precisa, ci incamminiamo lungo il corridoio, una specie di passeggiata lenta nello stesso posto in cui una volta andavamo sempre tutti di fretta e spesso non avevamo neanche il tempo di salutarci. Come d'intesa, ci fermiamo quasi alla fine del corridoio, dove sul pavimento un quadrato più pulito ci ricorda che una volta lì c'era la macchinetta del caffè. Ci guardiamo in faccia, tutti e tre sorridendo, pensando a quante volte ci eravamo trovati con in mano una tazzina di plastica da cui usciva un aroma amico, noi e gli altri colleghi, a parlare di tutto e di niente, tra battute sciocche e discorsi spesso banali che però, oggi, ci sembrano preziosi.

Sentiamo un rumore provenire da una delle stanze e curiosiamo dentro. È Candiani, il dottor Stefano Candiani, responsabile dell'ufficio legale. Sta davanti ad una scrivania con rialzo che è rimasta là perché il legno è vecchio, è tutta imbarcata e perde i pezzi, impossibile da recuperare. Candiani si volta verso di noi e fa una faccia scandalizzata: "Ah, guardate qua!" e tira fuori da uno dei cassetti aperti quella che sembra una vecchia stampa con sopra quello che sembra un disegno di un qualche paesaggio con i monti e la sventola davanti a noi.

"Guardate qua!" insiste "Come si fa a lasciare qua una stampa così, abbandonarla in un cassetto, eh? Come si fa?"

La stampa è in condizioni pietose, sporca, con uno strappo per lungo che quasi la taglia a metà, dei buchi e altri strappi qua e là, i bordi consunti e uno mancante del tutto.

"Candiani, andiamo, chi vuoi che voglia una roba del genere? Non si capisce neanche cos'è il disegno, non ci si può fare niente..." gli rispondo io, tanto per fargli capire l'assurdità della sua irritazione, ma so che è inutile, Candiani è un accumulatore seriale, fosse per lui non si butterebbe mai via niente, è una mania che ha da sempre, o almeno da quando io l'ho conosciuto, e mi sono sempre chiesto come dovesse essere casa sua, sempre ammesso che l'avesse, una casa sua.

Luca non è gentile come me: “Bravo Candiani, tu sì che sai cosa vuol dire arte, hai salvato un capolavoro! Adesso fai una bella cosa, prendi cinque, sei, dieci rotoli di scotch e mettilo a posto! Farà un figurone, dove stiamo andando!”

Candiani non è stupido, riconosce il sarcasmo, ma anche se ha capito che il collega lo sta pigliando per i fondelli, io so che ci sta pensando seriamente, allo scotch. Ci gira le spalle con l’aria stizzita, ma credo che se la sia presa soprattutto per il ‘tu’ che abbiamo usato io e Luca, lui è uno di quelli che vorrebbe continuare a usare il ‘lei’ anche adesso.

Sentiamo una voce dal basso: “Ehi, c’è qualcuno lì sopra?”

Ci affacciamo allo scalone e giù vediamo il direttore che ci fa cenno di scendere.

Come arriviamo al pianterreno, ci fa strada a passi veloci verso l’entrata. Qui, in mezzo all’atrio dove una volta c’era il bancone dell’accoglienza, ci indica una specie di totem in ferro e plastica, con un monitor e una tastiera, naturalmente spento. Ci giriamo attorno, curiosi, non riusciamo a capire.

“È il nuovo sistema per il rilevamento presenze.” spiega il direttore. “Ricordate? L’avevamo ordinato quasi tre anni fa, poi ci sono stati dei problemi burocratici, poi c’è stato il covid, la ditta che l’aveva preso in carico era fallita ed è subentrata un’altra ditta e alla fine, eccolo qua. Bello, no?” e passa a spiegarci come funziona “Qua si posiziona il tesserino, se uno se lo dimentica può usare la tastiera. A video compare la sua situazione, tutte le ore fatte nel mese e quelle da fare, gli straordinari, i permessi, tutti i conteggi in ordine, con la possibilità anche di fare richiesta direttamente di quando poter stare a casa o in ferie o in recupero... Una bella macchina, un gioiellino se vogliamo.”

Lo guardiamo interdetti. Da parte mia, non riesco a capire se sta facendo dello spirito, non sarebbe da lui, o se invece parla tanto per dare aria ai denti, come faccio io, oppure magari il cervello gli è andato in pappa del tutto e sta parlando sul serio.

“È inutile che mi guardiate così!" sbotta “Quando sono arrivati io ho detto che era inutile, che qua non serviva più, ho detto di portarlo indietro, o al deposito o dove diavolo volessero portarlo, ma non c’è stato niente, niente da fare! Non hanno voluto sapere ragioni, l’hanno mollato qua, mi hanno fatto firmare la ricevuta e tanti saluti.

Fanculo!” conclude dando un calcio alla nuova macchina che fa un rumore sordo, vuoto, come un tamburo di plastica.

‘Fanculo’. Una volta il direttore non avrebbe mai usato quel linguaggio. Comprendo che per fuori, davanti a noi, fino ad ora si è comportato in modo tranquillo, con la coscienza del responsabile, d’altra parte deve continuare a fare il suo lavoro, però dentro invece è incazzato di brutto e sta incominciando a sclerare. Cerco di cambiare discorso: “Per caso, ci sono novità?”

Il direttore mi guarda con una faccia cupa e l’occhio cattivo, come se avessi voluto prenderlo in giro: “Novità? Novità un cazzo.” tira fuori dalla tasca un pezzo di carta e ce lo sventola davanti “Sempre questo, solo questo, nient’altro che questo: ‘Aiutare gli incaricati dello sgombero fornendo indicazioni adeguate. Non intralciare i lavori e restare in attesa della nuova destinazione.’ La circolare più imbecille che qualche burocrate abbia mai potuto scrivere!”

La ‘nuova destinazione’, rimugino dentro di me. E mi domando come mai potrà essere una discarica per esseri umani.

## I colori della spazzatura

Camminando piano, con la schiena che gli fa un po' male, A.V. arriva nella strada dove stanno allineati i contenitori per la raccolta delle immondizie. Sono grandi, ingombranti, con i colori originali ancora visibili sotto i graffiti e lo sporco che li incrosta e ci cresce sopra come del muschio.

A.V. si ferma davanti al primo bidone, più piccolo degli altri, di color marrone, quello per la raccolta dell'umido, e ci butta dentro il primo sacchetto, che non pesa molto e che puzza un po': A.V. l'umido lo conserva per qualche giorno sul terrazzino, visto che è un vecchio pensionato che vive da solo e mangia poco e non gli va di buttare ogni mattina un sacchetto semivuoto.

Diversa è la questione per gli altri generi di immondizia, che non puzzano e può permettersi di tenere in casa e di buttare solo quando ce n'è abbastanza. A.V. pigia sul pedale per far alzare il coperchio del raccoglitore azzurro e ci deposita dentro un sacchetto di carta pieno di altra carta: è bravo, A.V., e l'ha fatta tutta a pezzettini prima di buttarla, anche le scatole di cartone le ha ridotte a pezzetti, così ce ne sta di più ed ingombra di meno.

Soddisfatto, passa al contenitore giallo della raccolta plastica, che è il più facile da fare, e ci lascia dentro un grande sacchetto trasparente bello pieno di bottiglie d'acqua e di altri contenitori, e le bottiglie, prima, le ha schiacciate per bene, sempre per risparmiare spazio. Poi si sposta davanti al contenitore verde, e dalla busta del supermercato tira fuori le bottiglie e le infila dentro una ad una: solo le bottiglie, come ha imparato alla televisione, e alla fine la busta la butta al posto giusto, nella plastica.

A.V. guarda i grossi bidoni, ed è contento perché ha fatto tutto come doveva essere fatto. Manca solo il contenitore grigio, quello per la raccolta indifferenziata, il misto, dove ci va la roba che non può essere riciclata e va direttamente all'inceneritore.

Il vecchio, con tranquillità, pigia il pedale e quando il contenitore è aperto, con una agilità che non ci si aspetterebbe da uno della sua età, ci salta dentro. Poi, lentamente, il coperchio si richiude.

## Visite

Per primo è arrivato un mio vecchio collega, uno che tanti anni fa lavorava in cucina con me. Filippo, si chiamava, o qualcosa del genere. È messo bene, ha un aspetto giovanile, è identico a come me lo ricordavo e sembra che per lui gli anni non siano passati. Però mi ricordavo anche che era un brontolone, e infatti inizia a parlare male di questo e di quello, delle cose che non vanno mai come dovrebbero andare, dei soldi che non bastano mai, della gente che non ha più voglia di lavorare e del governo che sono una massa di ladri che fanno solo i loro interessi.

Io lo ascolto, ma non so se ho voglia di interromperlo o di dire qualcosa anch'io: lo conosco, con lui non si parla, si ascolta e basta, proprio come faceva una volta. Lui si aspetta qualche reazione da me, ma io preferisco restare zitto perché so che in questo modo dopo un po', visto che non trova soddisfazione, se ne va e mi lascia in pace. E così succede, e infatti se ne va brontolando anche contro di me perché non gli ho dato ragione e non gli ho neanche badato.

Non faccio in tempo a vederlo andar via che arriva un altro tizio, questo lo conosco bene, lo vedo ogni giorno, anche se non so come si chiami. Lui è quello che guida l'autobus che prendo ogni mattina per andare al lavoro. È simpatico, e quando monto io cerco di mettermi vicino a lui perché fa sempre un sacco di commenti per prendere in giro i ciclisti e quelli col monopattino, dice che sono un incubo per il traffico e creano ingorghi e guai e sono dei disgraziati che prima o poi finiscono sotto le ruote di qualcuno e fanno passare dei guai a lui anche se è colpa loro, però lo dice ridendo, scuote la testa come per commiserarli, ma è sempre allegro, lui li manda all'inferno ma in amicizia, quasi per scherzo.

Stavolta però non mi dice niente, si mette davanti a me, e tira fuori un marchingegno strano, una scatola da cui escono fili, leve, rotelline e me la dà in mano e io incomincio a lavorarci ma non so bene cosa fare, perché non so neanche che roba è: muovo l'aggeggio, lo giro, lo apro, tiro fuori altri pezzi ancora e l'autista mi guarda attento e fa di sì con la testa. Poi questa macchina diventa una specie di cono di colore bianco e io devo incastrarci sopra degli arabeschi in ferro battuto, e non è facile, e devo provare tanti di questi arabeschi per trovarne uno che ci stia bene.

La cosa va avanti così finché arriva a trovarmi mia cugina Marta, quella che è più grande di me e quando eravamo piccoli mi faceva i dispetti. L'autista non c'è più, non so dove sia andato e mia cugina incomincia a parlarmi di mio papà e di mia mamma, tira fuori vecchie storie di famiglia e di scuola che avevo dimenticato, e con queste riesco finalmente a dire qualcosa anch'io, perché sono storie che conosco bene, ma in realtà vorrei solo che se ne andasse, perché ho ancora in mano la macchina, lo strumento, l'oggetto, insomma il coso che mi ha lasciato l'autista, non so come chiamarlo, e siccome per qualche motivo che mi sfugge mi vergogno di averlo, cerco di nasconderlo dietro la schiena perché mia cugina non lo veda, se lo vede mi chiede cos'è, mica posso dire che non lo so! Che razza di figura ci farei?

Per fortuna, ad un certo punto, è come se sentisse un rumore, un qualcosa: non bada più a me, di colpo fa la faccia seria e vola via. La guardo sparire nel cielo ma quando mi volto non c'è più neanche il coso dell'autista, al suo posto trovo un libro, un piccolo libro con la copertina rossa. Lo apro e cerco di leggerlo, ma i caratteri sono confusi, sono come coperti da una nebbia e non capisco niente. È un peccato, perché ho la sensazione che lì ci siano scritte cose importanti, cose che dovrei sapere.

Sto per arrabbiarmi per questa storia di non essere capace di leggere, ma mi trovo davanti Ermanno Pegorin, uno dei miei vicini di casa di quando abitavo nel quartiere Castello, un tipo tranquillo, uno che si fa gli affari suoi e che non dà confidenza a nessuno. Intendiamoci, Pegorin è sempre stato una brava persona, niente da dire, solo non è mi mai sembrato uno comunicativo, lui salutava, era cordiale, magari scambiavamo anche qualche parola ma mai niente di personale, niente di impegnativo, per dire non ho mai saputo nemmeno che lavoro facesse.

Per quello mi sembra un po' strano che sia venuto a trovarmi, e sto per chiedergli come mai ma lui mi anticipa e mi chiede: «E allora, che ci fai qua? È venuto a trovarti un mucchio di gente, stanotte! Su, non fare l'egoista, la notte è ancora lunga, vai anche tu a trovare qualcuno nei suoi sogni!»

## Il caleidoscopio

Ermanno Pegorin se ne stava in piedi, davanti alla sua macchina, e continuava a guardarla come se non l'avesse mai vista prima. Una sola parola gli passava per la testa, una domanda che per quanto semplice sembrava non avere risposta: perché?

Perché quel lungo striscio sulla fiancata, fatto molto probabilmente con lo stesso coltello con cui gli avevano tagliato le gomme? Perché? L'auto l'aveva parcheggiata bene, nei suoi spazi, non dava fastidio a nessuno e quello non era un parcheggio riservato o cose del genere. Allora, perché?

Non si trattava certo di un'auto che potesse suscitare l'invidia o l'astio di qualche rancoroso, era un'utilitaria comprata usata, vecchiotta e messa male, che lui ce la metteva a tenere bene, ma non era facile anche perché il suo stipendio era quello che era e doveva scegliere tra comprarsi da mangiare e far sistemare le ammaccature e i graffi che aveva preso, quasi mai per colpa sua. A meno che non fosse il messaggio di qualcuno che voleva fargli intender di non parcheggiare là proprio perché era di disdoro, faceva un brutto vedere, ma ce n'erano altre di macchine conciate come la sua, pure più malridotte, e non erano mai state toccate. Perché? Non gli pareva di aver mai fatto nulla che meritasse una punizione del genere, e neanche poteva immaginare di avere un qualche nemico capace di tanto. Forse la bravata di un gruppo di teppisti, senza nessun scopo, così, tanto per fare. Ce n'è di gente del genere in giro.

Sospirò. Chiamare un carro attrezzi, un'officina o qualcosa del genere, a quell'ora, nemmeno pensarci, e poi doveva prima farsi bene i conti in tasca per vedere da dove tirar fuori i soldi per riparare a quel disastro. Si avviò lentamente per rientrare a piedi, con un altro magone nel cuore, come se non ne avesse avuti già abbastanza per conto suo.

Nella sua camminata verso casa, non poteva fare a meno di pensare a come erano cambiate, sempre in peggio, le cose della sua vita. E sarebbero peggiorate ancora, se lo sentiva, perché le voci di una ristrutturazione del settore dove lavorava si erano fatte sempre più insistenti, e ormai a bassa voce si facevano anche delle cifre, di un buon 30, forse 40% del personale che sarebbe stato messo a disposizione, eufemismo per non dire licenziato in tronco. E di sicuro tra quelli che dovevano finire male lui c'era, non aveva dubbi in merito: nel suo lavoro era attento e scrupoloso e faceva tutto per bene, nessuno aveva mai avuto motivo di lamentarsi, ma non era certo una colonna portante dell'azienda, non si era mai comportato né da carrierista né da lecchino, e di conseguenza non si era mai trovato un amico nelle alte sfere, un protettore, un santo in paradiso, come si dice. Non aveva neppure preso la tessera di un partito, del sindacato o cose del genere, e adesso era troppo tardi. Per tutto, era troppo tardi. Rimuginò su queste sconsolate riflessioni e su altri pensieri più malinconici per tutto il lungo tragitto fino a casa casa.

«Buonasera ragioniere. » salutò educatamente Ermanno Pegorin incontrando per le scale il ragionier Pasquetti, uno dei vicini del secondo piano, ma questo neanche ci fece caso, non rispose e tirò dritto come se non l'avesse neppure visto. Ermanno se ne stette girato a guardare le spalle dell'uomo che scendeva e come al solito ci rimase male. Lui era sempre stato educato con tutti, sorrideva e salutava regolarmente, ma gli altri sembravano non avere nessun rispetto né considerazione per lui, e lui non capiva il perché di questa loro scortesia. Erano tanti i perché che non avevano una risposta.

Una volta entrato nel suo appartamento, si fermò nel corridoio all'entrata, diede un'occhiata attorno e non gli piacque quello che vide: c'era sporco un po' dappertutto, l'odore di chiuso era pesante perché non apriva quasi mai le finestre, il calendario era dell'anno prima e non l'aveva mai cambiato, accanto alla porta c'erano due sacchetti di immondizia che da giorni se non settimane si ostinava a lasciare lì. Di solito neanche ci badava, ma oggi, chissà come mai, si sentì quasi obbligato a prestarci attenzione. Era una cosa brutta, anzi, triste più che brutta: era come se il posto fosse stato abbandonato, proprio come era stato abbandonato lui, che da quando Eleonora se ne era andata si era lasciato andare giù per una china che sembrava non avere fine, e in quella china aveva trascinato con sé la casa, il lavoro, tutto quello che aveva e anche tutto quello di buono che aveva vissuto prima. E chissà cosa avrebbe trovato al fondo di quella china, sempre che un fondo ci fosse.

In camera da letto, si tolse gli abiti e li buttò senza badare dove, la camicia era finita per terra e Ermanno la lasciò là, tanto non c'era nessuno che potesse accorgersi della sua incuria e lui, da parte sua, aveva perso da un pezzo ogni parvenza di dignità e di amor proprio:

anche lui, come i suoi amici, colleghi e conoscenti, aveva preso a trattare sé stesso alla stregua di un estraneo che non meritava una qualsivoglia attenzione.

Senza mettersi addosso nessun altro indumento, neanche la maglia comoda che di solito portava in casa o i pantaloni del pigiama, si recò in cucina così com'era, con addosso solo la canottiera e le mutande, anche queste bisognose di una ripulita, come d'altronde era tutto il resto, lui compreso.

In cucina, l'odore di chiuso si era trasformato in un tanfo di stantio o peggio. Senza badare al mucchio di piatti sporchi, stoviglie e pentole incrostate, aprì il frigorifero e guardò quello che c'era: due pezzi di formaggio in sacchetti chiusi male, uno già con chiazze di muffa, un paio di bottiglie di birra, una confezione di prosciutto in offerta che sapeva essere scaduta da un pezzo, da buttare come gli avanzi di verdura e il cartone di latte mezzo pieno che era rimasto aperto da giorni. Rinchiuse lo sportello appoggiandolo piano, e non capiva neanche lui il motivo della delicatezza di quel gesto.

Scrollò le spalle e se ne tornò in camera da letto, senza accendere la luce. Si distese sopra le coperte e si prese la testa fra le mani. Che cosa doveva fare? Questa vita ormai non aveva più niente da dargli, da offrirgli, era una nuvola fredda che lo inghiottiva e rendeva tutto più scuro, più buio. Che senso aveva andare avanti, che cosa si poteva aspettare se non altro buio, altro peso, altra piatta angoscia, altro nulla?

Si riscosse e si mise seduto. Non poteva continuare così. Era stato anche bello finché le cose erano andate bene, ma questa esistenza, così com'era, non aveva più ragione di essere.

La decisione era presa, e sapeva cosa doveva fare. Portò le mani ai lati della testa e per un attimo la tenne ben salda, poi con un gesto secco la staccò del collo e prese ad agitarla, a scuoterla come un barista agita un bicchiere da cocktail. Quando ebbe finito, con un altro gesto secco, se la riattaccò al collo e la fece girare un po' a sinistra e destra, la mosse avanti e indietro, la ruotò per assicurarsi che fosse tutto a posto, e poi si cacciò sotto la coperta e si addormentò quasi subito.

Ad un certo punto, prima dell'alba, si svegliò e i suoi primi pensieri furono di curiosità: come sarebbe stata questa nuova vita? Bella? Brutta? Mah! Comunque, diversa da quella che aveva abbandonato e che non sarebbe mai tornata, così come in un caleidoscopio non si vedono mai le stesse cose. Simili, alle volte, ma mai le stesse.

Si accorse di un respiro leggero vicino a lui. Allungò la mano e non si meravigliò più di tanto a sentire un corpo caldo, dei lunghi capelli. Dunque, in questa nuova vita aveva ancora una moglie. Non sarebbe stata come Eleonora, di ciò si poteva essere sicuri e si chiese di che colore potesse avere gli occhi. Sperava fossero nocciola. Non aveva mai avuto una moglie con occhi nocciola.

# Ringraziamenti

## Indice

www.ingramcontent.com/pod-product-compliance
Lightning Source LLC
LaVergne TN
LVHW050558160826
845677LV00011B/2358

* 9 7 8 8 8 3 1 9 6 2 7 8 0 *